U0138228

Home Coming
by
Li Li

回　家

李笠　著

华东师范大学出版社

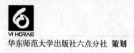

华东师范大学出版社六点分社 策划

作者像

＋

孙磊 摄

目录

第二辑 我们的生和死

第三辑 根

第四辑　我的瑞典妻子，我的混血孩子

自 序

想一想，你终于可以回家了

你看见孔子对着城墙叫喊："我，回来了！"

于是他变成"仁"字里的一横

你看见奥德赛。他躲避了"回"

千年后依然在孤傲的心海里漂浮

你已精疲力竭。但回，回到哪儿？

想一想和尚手上转动的念珠

想一想笼里来回走动的猛兽

生活：绕某个发光的东西打转

或被某个黑暗的东西纠缠

"回"字用时针的速度捅开

五十岁背后的谜：漂泊，即磨亮念珠

对一个海外漂泊二十多年的人来说，回家这词太重。回家，回到哪儿？出生地？父母身边？浸透自己血液的文化传统？母语？旧时朋友？一个钟爱的人？似乎都是，但又不完全是。

在曾经上大学的北京，在长大成人的上海，在和朋友交往之际，一种局外人的感觉始终压迫着我，让我不知所适。这，究竟是什么原因？是世界变化太快，是东西地球的价值观的迥异？是多年的西方生活已让自己变得不伦不类？或许——最本质的，是生于水瓶座的我天生就是个异乡人——一个和现实保持距离爱旁观的游客。

回家，返乡，是一条古今中外所有敏感的追寻者都无法绕开的路。荷马史诗《奥德赛》到托尔斯泰的《战争与和平》，从《归去来兮辞》"登东皋以舒啸，临清流而赋诗"的陶渊明，到"白日放歌须纵酒，青春作伴好还乡"的杜甫，甚至——在现实生活中——从春节挤破火车的民工，到圣诞给孩子狂购礼物的父母，都在殊途同归地表达这一无法摆脱的古老的乡愁。

家，是身心的庇护所，一块让人闲适自在的栖地。十八世纪浪漫主义诗人说："诗歌会领着漂泊的人，脱离殊风异俗的他乡，恢复幸福的纯洁天真，回到青年时代的草房"（诺瓦利斯）。诗，是慰藉乡愁的灵药。

然而，二十一世纪的今天，人已无家可归——"上帝死了！"。人注定在漂泊中寻找家园，把漂泊当作家园，或反之，把家园当作他乡。世界，尤其中国这片古老的文明，已被全球化的市场洪流吞没——一切向经济利益，向所谓的进步和发展转身。我出生到六岁住过的弄堂因此被拆除，我六岁到十八岁住过的新村大楼因此被改建得面目全非，并在等待拆迁。

家，已回不去。你最多只能在故乡当一个梦里不知身是客的游客。

如果说诗人的天职是返乡——回家，那么，我的家就是母语写成的诗歌。她们在这物欲横流，纸醉金迷的当下，给无家可归的灵魂提供了一个甜美的栖地。

《回家》是 2010 年至 2016 年回国逗留期间写下的三百多首诗的精选，这部诗集——在编辑成册之时——发现自己也没能挣脱乡愁这一古老的陷阱。这里的每一首诗几乎用自己的方式都围绕着"家"在转。《古镇》，《圆月》，《根》，《上海变奏曲》，《清明拾遗》，死去的父母，童年记忆，汉字等等等等，但，写的更多的是当下现实，即诗的激发点——它们和死者，过去，记忆与反省彼此握手，拥吻，交媾，对话，博弈，厮拼，从而让家——回家——露出其真实面目。

因此，《回家》既是一部个人漂泊生涯的记录，也是时代的见证。

这些见证——诗——始终遵循着我推崇的"手写我心"的诗歌创作原则。它们通常从日常生活的一个场景，一个事件或一个人物出发，然后营造一个让人感觉身临其境的诗意氛围，并常在诗中留出空间，让读者来填，在直接中透出微妙。我在

《诗摄影》一诗里表述过自己的对这种诗艺的追求：不拍观景台上看到的风景/拍有形背后的无形/美中的丑，或相反/不拍已摆好的姿式，虚假/拍镜前的叹息/裸体遮蔽的部分，皱褶间的伤口和腐烂……

而在《我要把诗写得像明代家具》则更进一步地阐释了我的诗歌创作态度：

> 我要把诗写得像明式家具那样
>
> 严谨简练，优雅适度；让意和象比例
>
> 成为家具局部与局部的比例，即：匀称协调
>
> 让词语与功能相符，毫无累赘
>
> 你读到的是一根流畅的线
>
> 挺而不僵，柔而不弱
>
> 你读到的是精妙似榫卯结构的词语关系
>
> 不用钉子，这自卑的雄辩
>
> 让两个陌生物在一个连词上相遇
>
> 仿佛它们开始就在一起，如冰与火
>
> 虚实相杂，如椅背的透雕，或"落日故人情"
>
> 状物与抒情相并，如镜台花纹
>
> 凝重而不失圆润，像"感时花溅泪"
>
> 把思绪化作紫檀木纹路中细若游丝的精微
>
> 偶尔也用形容词

就像书桌边角用珐琅或玉石

但不堆砌

让木材的纹理流出隐秘的诗意。让人遐想

　　最后，感谢古冈，他在编辑此书时，给了我很多宝贵的意见和建议。

布拉格，2017 年 3 月 1 日

回家

十

李笠 摄

十

李笠 摄

泡桐树教堂

不是让人肃立或静坐的欧洲教堂

它让我躺下，躺在地上。它让我赤膊

苍翠巨大的树冠扑扇着天使的翅膀，把我高高抬起

哦，二十年瑞典的寒冷就是为了热成这八月的北京？

久违的知了狂奏着风琴，说游魂已归来

一阵飓风，一片咆哮的大海，一股雪天桑拿的蒸气

把十字架上的疼痛按摩成一个舒适的胎儿

天气有哲学没有的真理，五十岁才懂的奥秘

风琴的热流涌入我张开的毛孔，毛孔

发出一个五岁孩子的呢喃："我喜欢这甜美的音乐！"

湖

刀印在冰冻的湖上咆哮
岸上，破落的房屋露出一个朝代的晚期
垂钓者在篝火——冰洞旁枯坐
他想重新认识历史

桥下，几个男人在冰窟里
打转。冬泳
弘扬"宁死不屈"的孔孟之道

一群雪色的狗沿岸跑来
把霾里的夕阳挂成古诗里的灯笼
垂钓者仍守着冰洞

他看见夏天：一群精英
围着湖，像警察
围着坠毁的飞机
落日把湖烧成他们体内的血。但无人下水

鲤鱼

月光从它的鳞里流出……

扔进油锅，它的鳍

仍在扑扇

油锅枪声大作

它仍在练气——把头

昂成"刀枪不入"的义和团的信仰

嘴，忽然张成

形同水泡的 O。顿悟。对世界的解释

悼张枣

浮云坠成雨滴，是否意味漂泊学会了宽恕？
你出国比我早，回国也是
两个方向，二十个春秋
匪夷所思，就像一夜间长出田野的银行大楼
时间，不，时代
玩弄着我们这代中国人，器官的压抑，青春的狂想……

你抽身离去。你的死，无非也只是一声
万古愁的唏嘘：死亡
是遍布的地雷，看谁的脚最有运气！

我们见面不多。每次几乎都谈诗歌："特朗斯特罗姆
是我崇拜的诗人。他最值得借鉴的地方
是意象精准，中国诗人
缺的就是这个。"
你抽着万宝路说。我暗自佩服——这是头一回
我听一个中国人这样说
而我发现：你那湘江般圆润的诗行

似乎也受到这位硬朗的北欧诗人的影响

"天气中似乎有谁在演算一道数学题

你焦灼……你走动，似乎森林不在森林中

松鼠如一个急迫的越洋电话劈开林径。听着：出事了……"

是，出事了。

那是 02 年冬天，上海衡山路的一个酒吧

我们谈论中国男人和西方女人，谈论他们的婚姻

"这些婚宴注定会失败！"你说

那时，我刚好和一个瑞典女人结婚

我反驳，尽管我理解你的意思：一只

封建社会的蛤蟆，再好，也迟早会被优雅的天鹅唾弃

我惊讶于你吸烟的凶猛，也惊讶于

我，一个不吸烟的人，一晚上竟也抽了半包

是的，在一个人情社会里

香烟是和谐（麻醉）痛苦的最好的妓女

你一根接着一根抽着，似乎只有这样

才能变成梦蝶的庄子

你抽着你的焦灼，夜的中国，抽着

对德国两个儿子的思恋——烟，是唯一的祖国

最后一次见面。2009 年 4 月的一天。黄珂家

你脸阴沉

说话像个祈祷的犹太人面对哭墙

（你并不知道香烟——祖国——已烧毁了你的肺）

"这里仍是片文化沙漠！除了灯红

酒绿，还是灯红酒绿。但天天洗脚又有什么意思啊？"

注："听着，出事了……"这段引文，摘自张枣的《在森林中》。

梦中与中国知识分子相遇

我的心浮出水面
伸展成荷叶。超脱！

风吹起。荷晃动
晃出替皇帝夜半挑灯写鉴的
司马光；隐居江南
四处嫖娼的唐寅

达，则兼善天下
穷，就自己好好的过

泪水倾泻。佛面
——闪耀——"我有
看山是山的招术！"
声音回荡，变作缕缕香火

古镇

一

那么，你就是我要寻找的

栖地？

小桥流水，私家园林

雕花落地长窗，砖铺四方庭院

老式床、太师椅、八仙桌、烤篮、瓷瓶

走在街上，金银玉器

从两边高喊着招手

你就是我要寻找的诗？

我在一座石化的彩虹上

停留。深处的你

扭着小脚走来：一个娴熟动作

把粪便倒入河里。随后：洗菜

二

油亮的街。小屋。倦怠的脸

米店！这生活的泉水

浇灌过惶恐的爱，冰冷的交媾

一条黑项链

那是带走忧伤的河

抖颤的石板桥

被落日折成穷人的背

往昔，未来，从对面走来

把头埋入书法

简单，就像对岸教室

下雪的灯管

稚嫩的脸蛋在晃。一个个紧攥的拳头

三

此刻，你是一块海蓝的印花布

女孩的裙子

它的蓝被四周昏暗吞没。我

触摸它，一个声音

灰尘般扬起："想要，20块给你！"

它跟我走出古镇

它在瑞典一座花园里移动

一个金发女孩穿着它

一只精致的明瓷

星空突然在花园里涌动

"我也要一件，我愿付三千！"
花园门外，我的金发邻居说

四

我把我的时间分享给你
水无声。是因垂钓者过多。我不信
奇迹会从水底
跃起。只希望蹲下
就能喝到古人饮过的水
吊脚廊！影子
边在喝茶，边高谈汉唐帝国
但贪婪在污染
楼群在吞咽古刹
就像雾霾吞咽着龙首残缺的石桥
怀旧斜依栏杆
等衔花的麋鹿从月光里飞来

五

你是面镜子。你的街巷
用嚓嚓声说我正穿着拖鞋。你
回响着我，你是回音壁——
在河边坐下，就能听到浣衣女的

笑语："欢迎光临仙境！"

哦，这就是归宿？

我不能无视水里漂浮的垃圾

但，唉，你就是你。笑

无非是说你已习惯了龌龊

你不是镜子

你是你自己：雨倾泻

你的思维——青石板路，就露出残缺的天空

去凤凰古城的路上

落日。公路上一头水牛
它慢慢走着。好像在耕田
它脚下的沥青曾是一片松软的土地

大巴向它驶去。它没让开
一间面对推土机的旧房
它两眼含着一个虔诚的信徒

喇叭狂吠。它一动不动
朝比它强大百倍的金属昂头
车上赶景点游客开始骚动

落日！上海的一条马路
望着穿梭于车流，寻找
左右逢源的人影，我想到了那牛

东方维纳斯

颧骨高凸，鼻子平扁，嘴唇丰厚……

她坐着，头顶一根粗大的阴茎

阴茎指向天空，像待射的火箭

哦，祖国，祖训，祖坟的"祖"就是这样诞生的吗？

一尊石雕。一个蒙古利亚女人

她让我的目光围着她转

并让我的手情不自禁地去摸她圆润的肩胛

我妻子，一个女权主义者

伸出舌头在她身上做了一个

蹲坐的姿势："我喜欢母系社会！"

她把丫环当成了慈禧，或北欧女性

一尊石雕，一件墓葬品

它嘲笑我的惊讶："我

顶着世界的本质，诗，必须面对死亡！"

她来了

不是佛罗伦萨的桥上，而是北京一家星级酒店的走廊
云鬓，红裙……一个比范冰冰更精致的女人
她一晃，消失在"桑拿按摩"的门里
离去，我就会重蹈波德莱尔写《给一个路经女子》的
痛苦。我不想
折磨自己。我跟了进去

她不再是她。她变成了数字6。就像桑拿中心衣柜上的数字
或编号的囚徒……啊，美，你为何总是……！
我感慨。但另一个声音在一旁低语：
"相信她是天使，今夜为一个无家可归的人降临！"

她来了。云想衣裳花想容……被忘掉的诗句
随她婀娜的步态闪现。一座春天的森林
百灵鸟在甜美地婉转："假如……假如你不是在这里
认识我，而是在剧院或一个朋友的生日晚会上，你会不会
把我当作朋友？"

我回答了吗？回答时我看她眼睛了吗？我记不得了

此刻，一年后，我回到同一个酒店

"对不起你拨打的号码是空号"

"对不起你拨打的号码是空号"

"对不起你拨打的号码是空号"

"对不起你拨打的号码是空号"

她返回了家乡？

她考上了大学？

她开了一家小店？结了婚？得了不治之症？

比芭蕾更轻盈的一夜舞姿。酥软。湿热的吻： "你给多少
　　都行！"

翡翠湖

慢慢走着。坑。潮湿的石头
耀眼，如显微镜放大的细菌

半小时。一生。豹纹的碧水
我伸手去摸。凉，亮出一张张变形的脸

继续走。相信有更好的景色
一把把锁紧攥住桥栏。湖在哪儿？

继续走。有路，就一定有湖
水声！水声追随着我。我疾走

疯狂的鸦噪，熟悉的风景
溪流，一片母亲般闪耀的竹林

总算到了尽头！总算到了……！
绝壁。暮色中一个冷却的，血红的"爱"

九华山遇雾

十米以外你就看不到想看的风景了

我也在雾中。香火

叮当作响，把世界铸成肉身金像

未来：下跪，磕头

海啸声涌来。一个不信佛的人

双手合十

另一个——老和尚

眉开眼笑，数着美丽的钞票

我们就这样在和尚与金像间拥挤

而这之外：雾。雾说："有，便是无!"

梅瑞冰之死

写这首诗的时候，你已躺在了火葬场
等着变成一堆摆脱疼痛的灰烬
窗外：你蹲着抽过烟的草坪
想有机会好好聆听的泡桐树上的鸟鸣

"我叫梅瑞冰！"重庆的酒席
把你介绍给我：一个瘦似非洲饥童的处长
你敬酒，亲切地叫我"李哥"
我身上北欧式的僵硬很快溶化成春水

瞧，人是酒杯，可以不停地斟满
倒空，做大合唱里的和音。你
不停地倒空自己，仿佛只有这样
才能强大成老子"挫其锐"的练达

月亮在杯中移动。你被调到北京
"我现在是重庆驻京大使了！"你说
你变成迎来送往。你倒空自己

尽管你更喜欢谈论获诺奖的作家

官场水磨在碾。你碎裂成粉末——
修练：把呕吐当作对大海的遥望
你呕吐。你结巴。回乡路
高悬成一只闪光的骷髅，我们最后一面——

八月。北京一家火锅店。你
喝着冰啤，脸露出孩子吃药的表情
你不知你已"肝癌晚期"；酒
正在病房等着向全身浮肿的你祝贺："你已升为……！"

大足观音

腿叉开。准确地说，把一条腿
翘在椅上。我喜欢你这梧桐春天的姿式！
秋雨中你也如此。物我两忘
这，难道就是一个人应达到的境界？

清秀的眉目透溢着自信。你安详
像一个鄙视金钱的妓女。妓女
正是用这叉腿的姿式承受着目光
你比所有走红地毯的女明星都要高雅！

你始终待在黑暗阴冷的山洞里
你应该出去——假，需要你
你为什么像常人那样把手搁在膝上？

名声与权势向你磕头。啊，焦虑！
你舒展，像风中的树。你
微笑着俯视我们，一群无家可归的幽灵

七彩鸟之死

它站在自己天天站着的地方：一根插在笼子
腰部的细木，把头埋进翅膀。一截妖娆的彩虹
起初，我以为它在睡觉——睡觉，它也是这模样
我用手轻碰笼子，它慌张地迅速拔出
深埋的脑袋，睁眼看了世界一眼。然后把头
又埋入翅膀，像悔恨时用手捂脸的我
整整一上午它都如此。哦，它不会因为饿
或渴而变成这样吧，我自语。装着水和米的瓷碗
并排摆在笼里，完美，就像业就家成的人生
一群麻雀争抢着它洒在地上的米粒
叽叽喳喳地飞起，飞入泡桐树茂盛的树冠
它病了。它正在死去。但，它为什么遮脸？
厌恶？后悔？不想面对笼子？它在哆嗦
天黑了下来。它跌倒笼子的底部。脸朝上，翅膀叉开

特朗斯特罗姆在故宫

前进的轮椅骤然被威武的门槛挡住
你起身，弃下旅行装备

空龙椅和铜狮走来
它们向你要诗。它们需要一面照见自己的镜子

你看着它们，露出稚拙的笑
"是的，自由就是拒绝向皇帝进贡……"

庭院深处，石制日晷
发出火车穿越荒野的轰鸣

终点站到来：高墙的迷宫
无声的米粒——人脸在盲目中拥挤，消逝

故宫

—— 给西蒙和维拉

这里绝不是自由的国度——奴性

在互舔，紧抱喘息的龙椅

飞檐上，白云正黑成阴霾

荒草如怨恨渗出地板的裂缝

权势和等级在昏暗殿堂

踩踏刚正的生命；谎言

沉溺于惶恐的香火——

害怕福寿匾一夜间会化成灰烬

一对龙凤嬉戏着整个国家

威武的宫门，曲折的过道

思想只有跟随屈从的步履

才能化为玉阶的腾云驾雾

或死囚的下跪。这里没有面孔

只有炫耀功名和财富的

面具。隐忍，怀揣冰冷的心

你才能逍遥这片阴谋和暗杀的舞台

孔孟的智慧被镶进玲珑的角楼

立成粗大柱子，青铜瑞兽……

深邃的庭院，我，一介游客

又怎能介入勾心斗角的体制？

看，联对的宫灯悬着森严次序

就像宫墙外劫持冤魂的警棍

哦，金银珠宝，玉砌雕梁

你们是否给百姓也安排了有尊严的生活？

是，一旦进入这里，你就无法

从欣喜中获取真实的自我

而皇帝——独裁者，只要花园

能营造灾异或动荡后的安宁

他就继续做狂妄的汉唐之梦

让笼里的鹦鹉（温如太监）

用催眠把过去，现在和未来

勾兑成颂歌。给腐烂的列祖们听

唐朝来信

你不认识我，但你一定梦见过我：用马蹄和刀剑
主宰中亚的沙漠，轻易如你支配一条凶猛的藏獒
你到过京都。你流泪：为何中国没这些精美的唐代建筑？
一缕烽烟，不，一片哀嚎！我刚刚攻灭突厥政权
我让一个聪慧的女人和吐蕃结亲。我总在打仗
遍地白骨绽放"开元盛世"，世界最繁华的都市长安
中国的丝绸一直传到欧洲。但所有这些丰功伟业
都系挂在专制的剑上：赐死，监视，酷刑，镇压……
所有怨恨最后都醉成：醒时同交欢，醉后各分散
所有痛苦最后都泣成：朱门酒肉臭，路有冻死骨
所有反抗最后都静成：独坐幽篁里，弹琴复长啸
所有梦想最后都虚成：夕阳无限好，只是近黄昏……

西湖映现什么

——赠潘维

软，是因为又碰上了西湖：一道
潋滟的伤口。它的水
引出你身上的水
你温顺地流着，流成倒影

倒影喜欢呆在那里，像月亮：碎了，再圆
山色空蒙，青黛含翠
那是你落魄的理由。但你
不想只做倒影。你想当水流——当家作主
起风时，你想成为绕湖的山
或准确地说：当扶花的绿叶
这便是漂泊——越长居
越感到自己只是个匆匆过客
或一只水泡的寓意：断桥，残雪

你见过世界各地的湖，但总嫌它们
欠缺什么——不是没有根基，风吹便碎的倒影

而是那揪你耳朵的

母亲的声音:"看,三潭印月!"

啊,母语的力量——见到柳浪

便闻莺啼,然后是

梅坞茶景一连串让你伤感的气息

在热内瓦湖驻脚

却很快被一朵荷花领入殷红楼台里的细雨迷蒙

在场与缺席

鸽子，麻雀，喜鹊，乌鸦，海鸥
它们在地上争抢面包："我的!""我的!"
我从公园的长椅上
俯瞰它们："啊，幸亏我不是鸟!"

远处：一群男孩把一个小男孩
堵在墙角："跪，要不然就揍你!"
我望着他们
望着天空："啊，幸亏我不再是孩子!"

梦到来。一个喧嚣的集市
我翻阅一本刚印好的书。一串闪光的
名字："不朽!""不朽!"
我放下书："啊，幸亏我不在那里!"

美味的道德

眼珠大的肉块死死地盯着我的筷子："吃我?"
一道暖心的风景浮出：一条狗
在雪地奔跑着追随一个喘气的人影……

"好吃!""好吃!""好吃!""好吃!"
筷子纷纷聚拢，像兀鹰围着尸首
你犹豫。左顾右盼。然后疾速伸出筷子

桌上，欧洲人正津津有味地吃着鲜美的狗肉
空气飘荡着狂醉的《欢乐颂》
此刻，谁用英文说，这是狗肉，谁就葬送了美

与影子对视，或对着一面镜子

门关上的一霎，一张熟悉的脸
挤进电梯
装着不认识我
老年痴呆？

鹿特丹。前年。我们在一家酒店喝着红葡萄酒
谈到二十年前赌博的日子

我们跟着电梯下沉
金属的嘟哝揪住我耳朵："记住，是我
提着你们升降!"
没人伸开双臂
所有人都学会了乘电梯的规则：站着。沉默。等待门的打开

这不是他
他不会如此虚弱
憔悴的脸。低垂。仿佛在沉思

乡愁的鲜花簇拥着他——"先生，我们合张影好吗?"
簇拥知道他是谁：
一个相信"卑鄙是卑鄙者的通行证"的诗人

他不会出现在这里，至少不会参加官方活动
他不可能当权力的婊子
"作家不仅要和世界过不去……还得跟自己过不去"
他在台上发言
坚守孤独崇尚失败的人不会在这里亮相

9层！他抬头
我们对视。沉默。痴呆症

"说实话，你喜欢的那个日本女孩对你并不感兴趣
尽管你是诺贝尔奖的候选人
这里和中国不一样，人
不会因你有名有势而玷污尊严
你最好把约她的晚饭推了，就说今晚你有别的事情……"
窗外：雪花，黑沉沉的夜

电梯在下沉
这不是半夜做爱时从丹麦打电话给我念新作的疯子

这不是在使馆门口喊"我操你妈!"的流亡诗人

这是另一个人

1991 年。沉沉的夜。雪

我们并肩坐着。我做他翻译

"流亡使我失去了掌声和鲜花!"

但他得到了流亡的好处:拿西方奖项,在大学授课等等

时过境迁,他向他的背景转身

一条回家的路在他脚下铺展

再见,反抗!

再见,墓志铭!

他被抬上他反抗的舞台,回到掌声的怀抱

他致辞

但台下,肉身的呐喊正遭受一台钢铁机器镇压

电梯在下沉

没人伸开双臂

所有人都学会了乘电梯的规则:站着。沉默。等待门的打开

莫言获诺奖的那天

——给七岁的维拉

你为什么哭？不高兴？瞧，这么多人都在替莫言骄傲

你说什么？不知莫言为何物？

不喜欢电视上的那个男人——"他长得真丑！"

是，他确实不美。一张被苦难和仇恨腌过的脸

但整个中国在为他雀跃

你不喜欢他，但他获得了英国美国德国日本韩国甚至

瑞典作家也想得到的奖项

哦，我知道你为什么哭

我知道你背对我和你妈说的话。你想要个瑞典人做爸爸？

天意，孩子，就像你长得像我：黄皮肤，黑眼睛

你要自信，孩子，要像好文学那样

超越民族。我是说：超越你长相

不能？为什么？她们，你的欧美同学不跟你玩？

"站远一点，中国妞！"

别哭，别跺脚，别揪自己的头发！你不会因此而上天

不要自卑！

不要在你同学面前阻止我说母语："嘘，别说中文！"

你应该像得诺奖的莫言那样微笑

记住：别在别人让你一起玩的时候想：上帝活着

也千万别在别人不跟你玩的时候就说：上帝死了！

她们不让你一起跳橡皮筋你就一个人跳

别踩脚，别哭！

哭吧，孩子，大声地哭！你无法离开我

你无法更换爸爸

我在你眼睛的黑里。这是挥之不去的世界。你必须忍受！

和张维邹瑞峰陈东东庞培等在尚湖喝茶

十月中午的阳光把闲逸倒入桌上的茶杯
摆脱公路的我们，终于坐成清风里的古人

亲爱的妻子，你带孩子到四周转转！
我想变成烟波笼罩的芦苇里那只翻飞的白鹳

这里和瑞典的湖畔不同——那里我不会
想到姜太公钓鱼；我疾走，一心想着行速

但这里，我会舞成含情脉脉的柳枝
我回到了根。我必须面对温和的虞山，面对

王公望，面对妓女柳如是。面对他们
也就是面对自己——我用着他们的语言

拍岸的水声响着我血液的流动
清晰如两只黄鹂阐述杜甫建草堂的喜悦

张维说："倾"最初是卧病聆听之意
多美的汉字！病了，人才会听得真切

椅子咯吱作响。关节在抱怨。哦，康有为
也就是我们的此刻：喝茶，谈论改良

我们依旧活在一个人治的社会，脆弱
就像文革围湖造田的尚湖，网上的敏感词

唯一无忧的是那只翱翔的快艇（像
某高官存在海外的巨款），并赞美着洋务运动

和江弱水舒羽晓云在西湖翠雨亭畅饮

桂香在涂抹空气里一百年前的安宁

我们临水饮酒。翠荷

纷纷伸来手臂

我是她们喜欢的摇滚歌手——举杯谈论诗歌与人

三四个人多好

三四个人能说出三四个人以上难以说出的话

我突然感到我很完整

小船随清风飘来

湖用莫奈的睡莲细心地在对着晚霞梳妆

桃花潭的李白

不再回望长安。那是抽刀断水自找哀愁的悲剧
我老了，发现水中的月亮比功名更弱。风吹起，它就碎成虚影
"来，你就到了蓬莱仙境！"汪伦说
但不去，我也知道桃花潭是出浴的贵妃
我来了，群山飞红，潭水流碧，美酒佳肴……
但我能在此留驻多久？
杜鹃在叫。三月！杜鹃每叫一回，我眼睛就潮湿一次
我念叨远方的家乡。我的妻儿在月亮的背面

月向西斜，我枯坐，回忆自己的一生和创作
我写名山大川，写饮酒离别
但写的最多的是拔剑四顾扬帆渡海的愤懑和梦想
"乍向草中耿介死，不求黄金笼下生。"
我反权贵。我鄙视奸诈的小人

不再回望长安。那是抽刀断水自找哀愁的悲剧
我老了，发现水中的月亮比功名更弱。风吹起，它就碎成虚影

访草堂

古树。古刹的静。一座刚刚经过的木桥
从竹林走来。我又回到了
草堂，一条等待新"安史之乱"发生的泊船

我已转了三小时
我还会在这座意象卢浮宫里呆上一阵
聆听绿荫倾洒绝妙的诗行
"圆荷浮小叶，细麦落轻花……"
多么圆润的诗句！
但，大师，你诗里那些美丽的意象已死：
猿啸死了，死于美食
残炬死了，死于霓虹
古塞死了，死于开发
急峡死了，死于水坝
危城死了，死于拆迁……
但你痛恨的东西活着：
征地的方式活着
活在失去土地的哭声里

腐败的官吏活着

活在今朝有酒今朝醉的句式里

涂炭活着

活在空气和水的污染里……

到处是拥堵的车辆

你那鲜花覆盖的锦城已被雾霾锁着

草堂。一张桌子和一只椅子

两幅挂着的长轴

在炫耀你诗歌境界

我慢慢转游

脚步响成你诗里两只鸣翠柳的黄鹂

和你一样，我也在找

一间绝望构建的草堂

我仍在漂泊。但不会向皇帝献诗

"水流心不竞，云在意俱迟"

这是你，一个漂泊者，所需要的

这是我，一个现代人，所需要的

你我都厌倦漂泊

但厌倦漂泊并不意味着家——草堂——就会出现

草堂门口的石凳让我坐下

模仿你草堂建后的喜悦

你依栏垂钓

仿佛在东篱采菊

但伟大的诗歌是否会被"细万物而独往"的隐居隐掉?

"万里悲秋常作客,百年多病独登台"

这是你一生最得意的诗句?

你说什么?语不惊人死不休?

但事实是:一个诗人

再穷绝工巧,若不悲天悯人,也等于零

一尊雕像。瘦。忧患的眼睛望着远方

你看见清江变成了污水

而一千年三百前的"朱门酒肉臭,路有冻死骨"仍在继续

没有了,你呼吸过的空气

没有了,你喝过的水

风吹来,把"床头屋漏无干处"的哀怨

吹成"大庇天下寒士俱欢颜"的欢呼

但老杜,你瞧,你哀怜的寒士

并没有开颜，他们

在广厦的电梯里拥挤

或在权力的走廊里爬行，一种更可怕的漂泊……

21 世纪的肖邦，或回家

酒店。阴郁的音乐打开狂欢的宫殿
我们互舔。一根污水管插入大河

我们缠在一起。愉悦喊万岁的时候
铁锈色污水正悄悄注入海洋

音乐说：国破了好，你会更好地面对自己
法国香水无法消除中国管道的恶臭

音乐说：必须忘掉祖国
就像弹钢琴的手忘掉手指的存在！

废水翻涌，涌成一条弯曲的小河
一个患癌的母亲在河边洗菜的呜咽

呜咽声突然静成一座坍塌的学校
废墟上一群下跪的人。对捐赠的感恩

贾梅士铜像

——给姚风

这张耶稣瘦的脸

难以与树下抽自己肥脸的气功融合

对哼小曲提鸟笼的人

他显得过于沉重。他的目光

跃过蝼蚁与忙绿的赌场。祖国，在大海上起伏

注：贾梅士（Luis Vaz de Camöes，1524 年—1580 年 6 月 10 日）葡萄牙
　　最伟大的诗人。1556 年他赴澳门并在那里升为军官……为纪念他，
　　葡萄牙把 6 月 10 日他离世的日子定为国庆节。

最好吃的鸡

她悠然地吃着阳台上的米粒。你蹲着磨刀

我们共养了十只鸡，但只有三只活了下来

"活，对于鸡，就像自由与平等一样难！"

刚被释放的父亲边说，边帮你用拇指测试刀刃

而这时，你已一把抓住跑来吃你手上米粒的

她———只肥胖的母鸡（她喜欢或习惯了

吃你手上的米粒，并把它们当作了恩赐）

你紧紧捏住她脖子。她拼命地蹬腿，蹬腿……哦，醒悟！

滴血的刀刃给宁静带来一面碗大的血镜

云从那里浮现，与我俯视的小脸重叠

很快，你从厨房端来一锅冒烟的开水，将她

泡在里面，拔毛，利索，像冷风刮落梧桐叶子

当圆圆的月亮升起的时候，她被端上了桌子……

昨天，在参观圣彼得教堂后，我又梦见了它……

它煽动翅膀（就像当时你捏住她脖子那样）

哭喊着和一群鸽子争抢撒在广场上的玉米粒

当时吃它的时候，我记得，我眼睛流出了泪水

鸵鸟

栅栏映现它非洲草原奔跑的姿式

比斑马快

比所有获金牌的短跑赛手

它伸长脖子，像车站等车的我

或 19 世纪崇文门看砍头的好奇

它被爆炒

它为什么不轻轻一跃

摆脱栅栏?

它把头埋入地里

隐居!

"真没想到鸵鸟的爪子比猪蹄更嫩!"

致一个与老头结婚的年轻女子

腐肉上白胖的蛆让我想到你们的婚姻
我弯腰细看，那蛆摇身一晃
变成了老牛；肉，漾成一片鲜美的嫩草
四十岁的差异。他：金钱和地位

你：聪慧和野心。但，让天鹅肉
日日经受蛤蟆的啃噬又是怎样的磨砺！
不错，你比夜总会的妓女有福。但妓女
比你纯粹。她们用妓女的名义活着——

岔开腿："来吧，蛤蟆，把钱给老娘递来！"
你哭。你痛苦，绝望，当你发现
老牛和小狗的差异——牛，已无力欢跳

"上帝呵，我在干嘛？"你内疚
内疚最后化作诅咒从草根升起
"等吧！等待老牛的死！等待一头小鹿的到来！"

雾霾天想到北京四合院里的比利时女人

这么多欧洲名牌，你却偏偏选择了穿中国的旗袍
或许你想构建那不可抵达的诗意：把外语
当作母语，或更确切地说：把漂泊当作家园
你养鱼。种竹。种蔬菜。给一只青花瓷插上玫瑰
"李笠，十月我们一块儿去长城采栗子好吗！"
你织着自己设计的布，用京腔普通话向我建议
竹子，枣树，丁香，海棠，石榴
围着你，像幼儿园里的孩子围着自己喜欢的老师
你的女高音在庭院的阳光里翩舞，旋转
但，唉，可惜，这关上门就能自成天地的老房子
挡住了寒风，却无法抵御水一般无孔不入的雾霾
瞧，它把四合院舔成了一座"凹"形的墓坑
美丽的杨娜！你难道真的不想返欧洲的清风明月
吃比豆腐更卫生更有营养也更有滋味的奶酪？
你喉咙不痒？你没进口的口罩？你不怕得癌？
你家对门那座被烧掉的明代的寺庙修复了吗？
是的，我爱看你掀开门帘，手提青瓷茶壶扭腰
走来的一瞬："为不再回来的时光，当然，更为此刻！"

拒绝

我拒绝了翻译一个土豪的诗

李白大笑着走出宫门

我在陋室里写诗

有人在豪宅里喝红葡萄酒

并高谈幸福

我喝茶

云在天上逍遥

云不是名人，或笑容可掬的和珅

注：和珅，清乾隆年间的权臣。因贪污过巨，被嘉庆皇帝赐死。

通往诗的途中

里尔克不在这里。里尔克
不会挤地铁。里尔克在古堡里躲着爱他的女人

灰霾。坐街上打牌的人。叹息。诅咒，惊叫
里尔克无法忍受汽车的噪音
里尔克不写接孩子的诗。他写天使和玫瑰

重复的词：菜场，垃圾，拥堵……
晾着的衣服在风中鼓掌
说我做着渡船该做的事情：穿越生活的两极

天使——八岁女儿，站在校门港湾
用散文的目光看我："你带出租的钱没有？"

告别

应该是 30 度，而不是 13 度

应该穿衬衣，而不是像现在这样穿着羽绒衣

应该用知了声中的汉语斟酒，而不是用瑞典文讲禅

应该同旧友坐在亭中看燕子归来

而不是和客人躲避劫食的黄蜂……

再见，与我朝夕相处的瑞典花园！

再见，礼花般喷射的野花！

再见，说地球比我年轻的青草！

原谅我一次次用欢歌的除草机将你们碾碎

我这样做，无非是为了把藤椅放在草坪的中央

再见，玉兰！你的高脚杯让我飞到云端

但一阵突至的寒流

让你变成拳头，怀孕但不再生产的痛苦

再见，雨后的牡丹！

华清池浴后的贵妃！

我搀扶你的时候，一只野蜂"吱"地从那里飞出

再见，长青苔的石头！

我把你从森林搬进花园，你向我展现杜尚的便桶

再见，蜗牛！

我喜欢你在玫瑰的花瓣上复制海滩上潮湿的脚印

你背上的小屋比梵蒂冈博物馆的旋梯更美

但，手轻轻一摁，它就碎成鸡蛋坠地的声音

再见，松树！你的婆娑用完了唐诗里的清风

再见，甩动金发的白桦！

感谢你一再笑我："梦里不知身是客！"

再见，梦里不知身是客！

再见，你不是你！

再见，雪夜里被我再三从雪上捧起的李白的月光！

再见，早夭的日本血枫！

你是千手观音，但你并不适应这里的气候

再见，不适应！

再见，突然钻出深秋大地的蓝铃花！

你们是迎接春天的洪钟，但却为落叶敲响。地球在变暖

第二辑

我们的生和死

十

李笠 摄

李笠 摄

纪念

起早的身影，洗衣做饭的日子，毫无怨言的土地的隐忍……
暮色就这样到来。暮色就这样渗进你忧郁的眼睛，渗进
把厨房当寺庙的信念："做饭，就是去沙漠旅行。"
没有你，就没一家人围着饭桌的旅行，碗筷的上车与下车

当电脑启动生活，我看见你握着的菜刀如日月交替
咚——咚……听诊器里的心跳，到山顶又滚落的石头
你不知道西绪弗是谁。你擦掉脸上的汗珠，重新又
低头切菜。而我就这样长大成人。远离你，在你病危的时候

清明拾遗

一

气球一样膨胀的乳房。沟通！
不是母亲，是愿望：让疼痛飞翔
扑扇声突然中止。雪和废墟

二

踏雪，就忘了冬天的残忍
忘记叮嘱。只有一句变成破云
而出的太阳："别伤了身体！"

三

养育的结果：你——失去了我
机场。古人的泪水。母语
越远，母亲就越像雪中的石楠

四

石楠开花的瑞典小岛。康有为

曾欣喜着留驻。但流亡最后
返回了母语：一杯静坐荷塘的龙井

五

最美的景色是你我长时间交谈
不用语言，用泥土的沉默
你脸的每次抽搐都是教堂钟声

六

临终的声音："外公是个裁缝
但一生没穿过丝绸。外婆
生我时哭，因为她又生了个女孩……"

七

红旗和标语的浪潮。你和我
在雨中高喊"万岁"，"打倒"
"碰上岸，浪才发现自己是水泡"

八

你蹲在厨房烧反革命罪证：旗袍
泪落在火中逃窜的手上。灰烬
飞作昏鸦，飞入三十年后的时装

九

但有些东西不会改变：比如死亡

路被拓宽，童年的屋子

散成土灰。药房缩成你无声的骨灰

圆月

你依着窗口流泪。头顶一轮金黄的月
一道圣像的光环："我要……离婚!"

父亲手托下巴,一声不吭地坐着
仿佛他是地狱门口的"思想者"。我

紧抓你俩的手,练习吊环上的平衡
挂钟钟摆响着我们共同的心跳。雷声轰鸣

月又圆了。你们没有离婚。你们没找
新生活。你们仍分享着同一只铁锅

"鸟不会扔下雏鸟。人必须懂得磨难
是生存的唯一家园。"你对我解释

月,又圆了。你们仍躺在同一张床上
你们,父亲和你,越来越像钟盘的指针

他是皇帝，但现在成了你的家奴——
我目睹病房他给你喂饭的情景：他

俯身，像那喀索斯对着自己的倒影
并朝屋里的沉寂咕哝："难的——是结束！"

回忆，一切就变成了梦

一

竹林掩映的山路。你叫我
刺鼻的烟雾。目的地到了：一副棺材
"你外公就躺在里面！"
穿黑衣的小脚女人——外婆
对刚满六岁的我说。你
跪下，变成一块倾斜的墓碑

我跪着，在惩罚逃课的洗衣板上
"这样，你才会有出息！"
知了在叫。八月流成我身上的汗
我假装我是翱翔的鹰
无声的疼痛把膝盖化为
晕眩，寺庙里木制佛陀的笑

二

灯下，你一针一针地缝着我九岁的棉鞋

我看见北极圈

在跟着你手指移动

二十年后它变成我在瑞典雪地里踩出的漂泊的脚印

三

站台。1988年秋。你望着前方

前方除了看照片的我，什么也没有

唯一闪耀的

是照片的背景：一列火车，一道划亮你眼泪的闪电

四

一件蓝印花布做成的外套

你穿着它穿过我红色的童年

和一个又一个灰色的节日

此刻，它突然在瑞典的冬夜出现：星空！

五

半身像。照片已发黄。你披着雪白婚纱

带着菱形耳环，和一枚金十字项链

"这是唯一留下的一张照片

其余的都在文革时烧了"父亲说

我端详你肃穆里掺杂着忧伤的脸

你看着前方。你看到了什么？

一间自己的屋子？或看到丈夫

被打成现行反革命，哭着向邻居借钱？

没有回答。婚纱扑扇天使的翅膀

你被轻轻举起。我听见你

发烫的呼吸：一只被玻璃瓶套住的蝴蝶

六

夜。你给加班回来的父亲

倒洗脚水。房屋屏住呼吸

晨光到来。你看《易经》

你在傍晚又重新走入厨房

七

我给你信里写道：你应该换个环境

夏天，上海人多，闷热

你可以来瑞典，看看这里的岛屿

冰川磨过，光滑如丝的礁石

呼吸唐朝的空气，感受陶渊明的诗意

你回信说：我知道瑞典

是理想的避暑胜地，但我已习惯

这里的拥挤，浑浊的空气

我坐在树下，知了就会递来青山的幽静

我摇动扇子，海风便送来阵阵清爽

八

烛光照着你

你不需要我

或安魂曲

你的脸安详

如战争上空的蓝天

九

你离开你厌倦的世界，但世界

仍在吃你的拿手菜——忍

材料：人心一只

调味品：焦虑三勺，孤独二勺，忧伤一勺

做法：把心切成片，放入蒸笼蒸一世

十

在你的内衣抽屉里，我找到一块红布

裹着的两张纸

一张是奖状：三好学生

另一张是我十岁时画的

列宁。他一手叉腰，一手指向未来

未来是我站着的此刻：一块

小小的墓碑。立在贫民区和豪宅之间

十一

17平米的房间。比皇帝的棺殿要小

我们挤在一起。吃饭。睡觉

半夜，你和父亲的床响成暴风中树枝的摇晃

我喘气，揪住我坚挺的阴茎

月光照着集中营的一角：双人铺

你从不抱怨。"我们比燕子住得宽敞多了！"

同样的房屋，有的被刷上了土色

有的被漆上天蓝或粉色

你拒绝用这些颜色刷墙："我喜欢白"

被打死的蚊子，在墙上露出我们的血，碑刻般耀眼

十二

一个影子从墙上浮出："我是你母亲"

我伸手，碰到一枚钉子

"我是你母亲，你无法摆脱的烦恼"

相似的影子从地板上浮出

我关灯。客房

闪烁了一下，黑成我无法追忆的子宫

十三

我登上飞往纽约的飞机
你躺在医院，一动不动
蓝天被嗡嗡声抽缩成药片
我坐船去克里特岛
你站在窗口看风中的柳树
碧绿的海浪推着你向前
我在卢浮宫迷路。你
含笑走来：一件精美的青瓷

十四

雨声涌入，弯曲成你洗衣时的背
你躺着，梦见用陌生的语言
在下着大雪的瑞典寻找我住处
我坐在你床边，握着你僵直的手
就像当时攥着刚拿到的护照
只有雨——漂泊者的情人，才能够解释
为什么八年我们只见面两次
"我，你儿子，看到了两个世界"
但你并没有睁眼，露出

第一次我喊"妈妈"时的笑容

对于你，世界仅只是一个——

天上的鸟，也是网中蹦跳的鱼

十五

回忆，一切就变成梦……

你坐着，端着只空碗

我走向你，你变成椅子

我坐下，你变成桌子，笔墨

我写字，你变成

一个个歪歪扭扭的"人"

你摇头，但并没提高嗓门

我喊"饿"你变成

厨房。我打哈欠，你变成

床。我躺下，你变成

海。我漂浮，听见你

叫喊，像一个被弃的孩子

孩子是醒后的我

坐着，在一扇飘雪的

异国窗口

写诗，写你生前说过的

话："宇宙无非是一只倒置的空碗！"

听死者说汉字

你第一个拿出的是"福"

福,你说

就是能吃饱穿暖……

我眼前浮出一片青水环绕的田野

一个男孩坐在牛背上吹笛

"当然,对于福

每人都有自己的理解

福就是不生病

福就是在上当时说一声谢谢

挨耳光时听见自己的笑声!"

我们换字

一个既形状像含羞草又像锯子的字

"这就是'我'

左边是人,右边是武器

它的意思是:人

只有通过武装,才能成为自我

佛陀能一叶渡海

成吉思汗会骑马射箭

毛主席会吟诗打仗……"

"那么，没有武器

人又会怎样呢？"

"那她就是任人宰割的牲口

记住，孩子，手艺

也是武器，而且是最好的武器"

我们换字

这个字我认识，叫"物"

由牛和刀构成，我自豪地说

孩子，你看到的

只是事物表面

这个字其实是说：所有能用

能杀能毁的

都叫物

能用的比如像石油，树

能杀的比如像猪和狗

能毁的比如像人心

想活好，就应该变成刀

你或许会这样想，但
变成刀，人
也就变成了工具，物

我们换字

你拿起报纸，点燃一根火柴
报纸上的头像
迅速发黄
变黑。我的手
伸出去，想拯救图片
但立刻又抽了回来——烫
这，就是灰烬的"灰"
灰，你说，就是
火灭后，才能摸的东西
所以"灰心"
才像星星一样布满了中国文学

我们换字

四堵墙，里面一个人
这是囚徒的囚

墙，可能是宫殿

也可能是草棚

但有一种囚笼

在你展翅的时候

围住你，用大海的颜色

我们换字

两个人并肩在走。这是"从"

跟随，顺从的意思

为什么会是这个意思，我问

你从厨房拿来两只碗

当地一声，碗

撞成一块块碎片

凡多于一人以上的地方，你说

一定存在着暴力

和压迫

要和谐，要步调一致

你就要牺牲个性

人格

所以孔夫子说：君子不党

我们换字

"这是影
左边是阳光，右边是鬼魂
这是对伴侣
光越凶猛，鬼魂就越幸福！"

我们换字

"名。名，就是在深渊里张嘴
向黑暗证实自己的身份
这是我！我！我！
但世界上又有多少张脸被真正看清？"

我们换字

一只羊头
这是善良的"善"
从羊那里人看到了善
从善那里人学会了吃羊
吃羊，人掌握了吃的本事
于是人说：善，就是本事

我们换字

水＋舌头
"活"
它简练，精确，像一首好诗。水
也可能是泥土　也可能是树
一条在岸上翻滚的鱼
是活最好的解释

你手掌一翻，亮出"死"
死，你说
就是刀剑与夕阳
统统被埋入大地，一张自在的皮
吻或烙铁
都不能使它起鸡皮疙瘩

冬至

空
地图上的一个地名。你没到过那里
冬至！
两个你熟视无睹的字
纠缠住你，像米
母亲！
或 2002 年 12 月 22 日，她
从床上颤巍巍地爬起
她想说什么
她望着我，像猫盯视阳光里一个晃动的影子
她什么也没说
被蛇缠住时的拉奥孔的表情！她
突然断气。冷却
冬至！
我怕家里电话
怕接着氧气
癌症晚期的父亲不能顶住这两个
字

水泡

换气时，我想到了父亲。"他在接氧气

身子瘦成了皮包骨……"姐姐在电话里说

我无法目睹父亲的现状

但相信他一定梦见自己在游泳。他喜欢游泳

我轻轻划动双臂，父亲

再也不能享受这个简单的动作了：把头

埋入水中，拔出；埋入水中，再拔出

我潜入水底，去摸一个章鱼般舞动的影子

一个记忆将我抱住：他右臂

像黄浦江畔的吊车

把我轻轻举起——那时他比我年轻

某个东西忽然电了我一下，我慌忙

向上攀爬。像溺者

水鼓起他发达的肌肉

但一晃又散成了水泡

我大口喘气，不知道此刻是父亲，还是我在奋力划动

父亲的新鞋

最后，在南京路的一家鞋店
他找到了它们——小羊皮，褐色，柔软像某个意大利名牌
"我春天时穿!"

两个月后，一个秋雨瑟瑟的清晨
轮椅找到了他
他坐着，穿着文革被关押时陪伴他的那双国产皮鞋

他忘了自己满心欢喜找到的那双进口皮鞋
它们被搁在柜子里
一直到他死去

给父亲送葬的那天
那双鞋走出了黑暗
想寻找意义

意义? ……瞧，我哥哥穿着太大
我穿着太小

于是我们把它们带到了火葬场

父亲化了妆
穿着传统给他的布鞋
他用沉默抽吸我们的哭声。他恨眼泪

把父亲推入焚尸炉之后
我们来到一个烧花圈的空地
那双鞋被扔进了火中

一股刺鼻的浓烟。我突然
看到父亲的背影：他在空中疾走
他走着一条一生都在寻找，但始终没走过的路

给父亲的信

遗憾的是：没来得及好好交流你就离开了人世
我没听你说过你的童年，你是怎么认识母亲的
这一切至如今成了谜。像某个突然消失的诗人

没有必要？不相信你儿子的智慧？毫无意义？
你读过《金瓶梅》，你也读过拜伦的《唐璜》
和我一样，你也不缺女人。我们应该能够交流

没交流，你在我心目中的形象才变得如此抽象
像"和谐"一词。但有时又如此具体，像耳光
你阻止我考文科的咆哮："哪个文人有过好下场！"

我理解你意思：因心直口快，你成了文革专政
的对象，尝到铁拳的滋味。但，你也是只铁拳
"再顶嘴就抽你！"你对我一个14岁男孩吼道

"再顶嘴就抽你！"此刻，四十年后的一天，我
用同样的语言对不好好学汉语的儿子吼道。他

看着我，像看着一个白痴。他受的是瑞典式教育

也许这就是轮回。爷爷，你的父亲，曾经也这样
对你，当二十岁的你，一个相信未来的热血青年
劝他加入公私合营，但遭来的却是把劈砍的椅子

暴力，威胁，惩罚，这些君主对臣民惯用的招术
在你一个机械工程师那里也成了得心应手的方法
而你就这样变成了猫。我成了一只躲避你的老鼠

我们从未好好交谈过，比如谈文明与野蛮。你爱
沉默。你最爱说的一句话是："习惯了就好了！"
但 96 年大年初一，你突然厌倦了"习惯"，你

冲着电话吼道："你们这帮垃圾，我操你娘祖宗！"
这是我头一回见你骂人。电话另一头是谁？面具
从我眼前晃闪。一个月后，你被解除了厂长职务

父亲，我耿直的父亲，我们应该无话不说，成为
知己，而不是像爷爷和你，或你和我那样，重蹈
父父子子的旧辙。那里只有扭曲压迫，吃和被吃

病中想到父亲

你是否也这样躺着？在晨光里，和扩散的癌细胞
你翻身，剥一只橘子。天下着阴冷的雨
你看见月亮在挖你体内的墓……

我翻身。剥着橘子。我多么希望孩子能走入
并听见"你好了吗?"的稚嫩的声音
他们没有走入。他们从地下室
一直跑到阁楼。他们在捉迷藏。笑声从门缝挤入

你凝视墙——那是你生命最后的一夜
"父亲死的时候还一直在等你!"姐姐说
那时，我正在红海一月的沙滩上，躺着享受瑞典的夏日阳光

旧大衣

那是件黑呢子大衣

上世纪我父亲穿过它。文革到来，它被母亲窝藏了起来

1979年！我考上大学。它重见天日

我穿着它在下雪的校园散步。它更适合北方

"这，这才是先锋！"赞美声涌来

的确，和千篇一律的军大衣相比

它确有某种"超现实主义"的反叛特点

大风吹来，它舞成一只涂抹暮色的蝙蝠

我穿着它参加舞会，在晨光的柳荫下朗读外语单词

一个女孩爱上了我："你一定有海外关系！"

星换斗移，我遇上了出国，穿着它来到瑞典

90年12月的一天，就在我穿着它向诺奖颁奖大厅走去的时候

一件同样的大衣迎面走来

雪花扔来冰冷的讥笑："你的穿戴

违背了诺贝尔的特立独行！"

回家我脱下它，把它塞进了衣橱……

50 岁生日那天，客人们谈中国当代艺术的时候

我再次拿出那件大衣

"我还以为是什么呢，原来是一件破大衣啊！"

等吃蛋糕的儿子大声嚷道

我抖开大衣，穿着它站在镜前

是的，它给过我少女的温甜，并让我欣喜走向最高的颁奖典礼

鬼节

—— 赠维多利亚

这个鬼节也将像烛火那样熄灭

我们坐在南昌路一家新开的酒吧。它十年前是画廊

三年前是茶馆，现在又成了酒吧

我们喝着比利时啤酒，看着对方，彼此露出惊讶的表情

像在梦中。又像是初次见面一刻……

15 岁的儿子不知去了哪里。他关了手机

刚才他还在童车里被推着穿越罗马的废墟

爵士乐打开一个个意大利小镇

天下起了雨。我们谈起死去的亲朋

10 岁的维拉把南瓜镂空成一个龇牙的骷髅

骷髅露出她从未见过，死于癌症的祖母

你抓起那把酒吧门口的吉他

哼起一支歌你离世的外婆给你童年唱过的忧伤的摇篮曲

在瑞典，此时应在坟上，守着烛火

但我们却坐着雨声淅沥的上海街头

喝着酒，打量行色匆匆的人影，那无法辨认的悲喜

第三辑

根

十

李笠 摄

十

李笠 摄

根

打开电脑，他们便浮出屏幕：两位瘦弱的老人

"写一下我们的经历吧！"他们向我恳求

呵呵，写什么？写一百年前你们如何背井离乡闯荡上海？

但你们的出身地我都没去过，而且……

"写吧，毕竟我们是你的祖父母啊！"恳求变成了责备

两位老人。两棵遍体伤痕但不会表述的树桩

他们和我一起浸泡在秋夜的雨声里。写什么？

"写我们生了 10 个孩子，一个 60 多人的大家庭！"

但你们快活吗？我小时候常看见奶奶暗自抹泪

"写 1949 年后一支红笔如何涂改我们的命运蓝图！"

"写文革！""写上山下乡！""写那条被拆的弄堂！"

你们反抗了吗？你们，任潮水抛甩的贝壳！

一张旧照片：厨房，奶奶穿着布满油迹的

衬衣："就这样照吧，这是我真实的生活！"

"西蒙，来，给你看一张照片！"

十二岁的西蒙慢腾腾地离开杀声震天的电脑

并用他打量圆桌上皮蛋的眼神瞥了照片一眼："她是谁？"

茶

当旗袍搂着的嫩腿露出新茶的微雨中的娇媚
我们又怎能不感激"茶"这一汉字的伟大：人在草木间
我们又怎不为山上昆虫般蠕动弯曲的背影流泪
或为锅里一只不倦翻弄的手感叹——它们知道生命的奥秘
倔强的春色由此进入细胞，让我们
轻浮如杯里的叶子，或山上仙人般飘然的烟雾

阴沟的祝福

山顶佛光在脚下闪耀：黑洞

一个戴橘色头盔的男人从那里伸出脑袋

他看着我。他看见另一个他，或二十年前的我：

一个穿越雪夜把北欧的冬天当作海洋当作娘胎的移民

"活着就是幸福！""坚持就是胜利！"

我喘着粗气在跑

好像唯有如此我才会像圣诞夜的蜡烛那样发光

花香！

我突然进入罗马四月耀眼的天堂之光

但眼下的他——另一个我——必须待在那里

他必须在地狱里摸索

阴沟露出自杀者无视的真理：大海始终敞开着。向污水

简单生活是完全可能的

点上蜡烛

倒一小杯威士忌

关掉手机

回绝一个你应该分享的晚宴

做饭

为桌上六岁女儿走调的歌声鼓掌

然后洗碗

感觉自己是上帝，或几乎是上帝

四个中秋

1．（1989 年，斯德哥尔摩）

我认识这窗口的月亮
它是小时候母亲挂在天上的镜子
那是仙人的故乡，外婆说
仰望，你会听到玉兔在上面捣药！
于是，每一次吃月饼
我就觉得摸着仙女的脸庞……
但一天，月亮
突然变成了一只黝黑的洞穴
逼我思考宇宙的奥秘
月亮，你儿时的幻想
此刻变成了一枚雪亮的硬币
捶击异乡的窗子。叫我失眠

2．（2000 年，罗马）

我的金发妻子已入睡

我拿着酒走上阳台

圆月走来

"我是东坡，我把西湖端到了这里！"

水光荡漾。一个影子

从湖底将我抱住

下沉

我挣扎，影子跟着我扭动："我是你

无法挣脱的孤独！"

我站稳

影子露出一块墓碑

"你为何不学古人月下读书？"

我捧起双手

我抱着地球

打太极拳

秒针在钟盘上疯转

3. (2008 年，埃及)

它挤在两排尿黄的灯里

那时我正开车去撒哈拉沙漠

不知道那盏最暗的路灯就是中秋明月

4．（2014，上海）

这月应照在画舫清水上，但清水在哪儿？

这月应照在花间的一壶酒上，但李白在哪儿？

这月应照在水晶帘子上

但水晶帘已变成了铁门

这月应照在曲江池畔的杏园

但杏园已变成一截咆哮的公路

这月应照在庭院的桂花上

但庭院早已被拆成哭泣和隐忍

谁在唱月是故乡明！

我在故乡，月在我头上

圆明园路！

是被烧毁的圆明园吗？多像欧洲的小镇！

上海变奏曲

1.（2012 年 8 月）

这闷热里有母亲的哽咽
父亲被坦诚抽打的呻吟
童年被窝里的热壶，或空调此刻呕出的热气
无法回到同一条街

这闷热里有我三十年前的
梦想，勾心斗角的
体制，草原变沙漠的屈服

这闷热，这闷热是凉席上辗转反侧的失眠
1979 年高考，变飞鸟
还是做家畜的选择
瑞典雪天的桑拿。蝴蝶

被一只无形的蜘网粘住。还乡！

2．（上海的风）

柔软的遮纱——浓雾

突然被掀开，摩天楼露出现代文明的本质：冰冷

风吹落一个旗袍女人头上的毡帽

风把江水吹成一个女人产后的皱皱的肚子

多么清爽，这五月的夜风！

风吹着坐在外滩喝酒的我，我感慨的泪

风把合上眼睛的我慢慢吹过童年的住地，母亲的坟墓

风把江边的人影吹成拥吻的情侣，封面

转瞬又把他们吹成形同墓碑的

孤影："我是诗！遇到我，事物就露出它的真相！"

3．（黄埔江边的朱丽叶）

苏俄建筑。公用厕所散发乌托邦的气息

我，一个十六岁的少年，站在楼下

用普希金的激情仰望二楼那扇中秋月般的窗口

我所有的梦想都悬挂在那里！

我知道你，长着瓜子脸的朱丽叶

你正从窗帘背后看我：一座冷风中向内喷射的火山

但你没露脸。你被传统死死地绑着——

"看也没用，你爸已安排好了你的男友！"

许多年后，我们又一起在黄埔江边散步

发现我俩脸贴脸凝望的货船

仍在航行。在和过去一样浑浊的水上。黄叶纷飞

(赠孙秀娣)

4．（初恋）

男女分坐的教室。一朵云

爬出课本的深渊

爬过黑板，红色标语，英雄像……

16 岁。青春醒来，醒成课桌下

偷渡的传情的纸条

目光相对，世界就顷刻流成器官的肉香

到处是器官！《多瑙河之波》

用惊险播放我们的内心

我们随破浪膨胀

颠晃着向前。哦，渴望碰撞的水雷！

我们爆炸，碎成晕眩

不知道我们就是亚当和夏娃

伊甸园躺在旷课的下午

你赤条条躺着，合着双眼，像对着夏日的海风

5. （外滩）

江对岸：一个想呈现天堂的装置艺术

暖风吹拂着我们

我们喝酒，忘了霓虹曾经是苍翠的田野

人在江边云聚，用手机拍摄欲望

移动。无人知晓

是黑暗的江水领着他们在走，还是对岸的灯光

6. （上海八月的雨）

一道童年的闪电

我放下书。是给孩子买菜的时候！

雨倾斜。路上到处是威尼斯旅馆的镜子

我看见一张皱纹的脸

我在镜中移动

一支古琴曲从梧桐叶上滴落

这雨为我而下

我手上的塑料袋如中秋月闪烁

它在闪烁。它是钟摆。平衡着悲欢

7.（香山路——给孙文）

蝉鸣依旧，20世纪长成了两排高大的梧桐

路面被黑似晚清的柏油覆盖

几条白线在忙于维稳。忙。像官场的腐败

一辆随地吐痰的黑色奔驰车驶过，有人

弯下腰，把头伸进一只腐臭的垃圾箱里

"革命尚未成功，革命尚未成功！"

蝉在树上声嘶力竭地喊着

但我们——诗人与商人——已隐入酒吧

面对雾霾，享受爵士乐里你失败后病卧床榻的安逸

8.（弄堂）

这里昨天能看到跳橡皮筋的女孩
板凳上织毛衣聊天的女人……
但此刻我看到的是一辆闪光的黑色豪车
它在往里开
它占有，堵住了整个弄堂
没有抗议或喊声
它一寸一寸地往里开
它开了进去
我不知应该羡慕它的手段
还是佩服弄堂蟒蛇肚子般收缩自如的能力

9.（复兴公园，清晨）

阳光把鸟鸣洒在十二月的梧桐树上
枯叶抖颤，像春雨中的新叶

有人在打太极球，摆弄内心的地球
他饮着污染的水。他不知道

太极拳羽毛球球交谊舞革命歌曲
在树下云集。它们喝着同样的污水

一个女人在夸父追日。她留下
艳丽的玫瑰。她喝着同样的污水

他调息调心练气功。他用蘸水毛笔
让羲之在地上复活。他们吸雾霾

第一次来这里，我激动地想：
《圣经》里的伊甸园也不过如此而已！

10.（马恩雕像与打牌的中国人）

都在雾霾里面
雕像昂头。打牌者低着头围坐在地上。斗地主！
打牌者表情比雕像忙碌：睁眼，皱眉，摇头，咬牙
有时突然发出惨叫。仿佛被某个东西击中
静立的雕像因打牌者而显得高大
风吹来。吹走地上的纸牌。纸牌随落叶翻滚
但雕像纹丝不动，它望着抓牌的手无法摸到的远方

11．（拆迁）

巢在风中坠毁。随后，一栋楼
化为坍塌的煤矿
我惊醒。雷声大作——推土机
在宣读圣旨。我捂住睾丸
多么希望我是玉衣死尸
被盗墓的铲子惊成一只翩跹的蝴蝶

12．（玉佛寺——给一个陌生女子）

你合十的纤手微颤着整个魔都的欲望
我看见你血红的指甲绽放霓虹的狂欢
是，被焦虑狂舔的玉佛长得没你标志
她头过大，比例有些失调，就像这里
富人与穷人的比例。你比龛里的玉佛
高挑，比台上大多数模特都性感。你
静静伫立迷蒙的雾霾，仿佛只有这样
才能张嘴呼吸。哦香火，是你的气管

你在祈祷什么？为一个自杀的孩子？

为爱？或一笔让你辗转反侧的交易？

拯救不是这姿式。这手势我母亲做过

为癌。但她死了。这手势我父亲做过

为癌。但他也死了。死于无助的绝望……

13.（雍福会）

昔日的英国领馆。当下的私人会所。清风。桂香

一朵飘过的轻云向花园一壶昂贵的龙井折腰……

闲逸。幽静。这是许多人想要但只有少数人拥有的时光

屋内，一块鸡胸被利润切成十份——哦，中餐

西吃！餐具频频更换，就像二十世纪的

革命口号或谎言。你端坐成油画肖像。有人正给你倒酒

14.（聚——给我的中学同学）

与你们聚会我注意到对岸的建筑

它们的轮廓在傍晚变得清晰起来。但没有细节。像背影
黑暗降临。它们一一亮起来
因屋里的灯光，因霓虹，或准确地说，因凝视的目光

金色的灯光在炫耀我们置身的时光，但有一扇窗
黑着。像黑洞
它突然扩散。它让耀眼的灯光显得无足轻重
"有一件事
就像一块石头一直压在我心上"一个声音从桌上升起
"16岁那年，我把Z给我写的几十封情书
交给了班主任。于是Z被开除了团委
并向全校检讨了自己的'流氓行径'"
他没有考上大学……现在仍单身一人……我不知道
这一切究竟是谁的过错……"

没人应答。风吹着我们干枯的头发
我们聚在一起
像失散多年的亲人。喝着酒，觉得对岸的一切更真

15.（近看与远望）

两个少女一起跳楼的当天傍晚

我端着茶，站在 30 楼宽敞的全景阳台上

楼房从天际涌来

有的亮似 KTV 小姐，有的黑似开会的背影

但大多数形同农民：粗糙，灰暗

带着勾心斗角的关系

附近，唯一的农田，一栋烂尾楼

它像非洲草原一堆被鬣狗吃剩下的水牛的骨骸

鸽子在上面打转

像体制内忙于名利的精英

它们在 13 层左右的高度来回画着一张走形的太极图

它们不会飞得更高

它们无法摆脱自己形成的漩涡

一股熟悉的气息飘来。红烧肉！

它强化我回家的感觉

它炫耀舌尖上的中国

它拖来一栋抵抗拆迁最后被烧的旧房

"我们无奈，我们等死！"

远处，目光无法触及的地方

有人正在服安眠药

地沟油随旭日升起，进入油条和怀旧的口味

16．（女总领事的忧伤）

光着身，她披着湿漉漉的头发向我走来

"我讨厌这种交往！"她说。她说的是昨晚来我家作客的一群

商人，一群喝完红葡萄酒喝白葡萄酒衣着考究的影子

他们不停吹嘘自己，吹嘘自己的人脉，和到过的国家

"我更喜欢和没功利的人交往！"她望着窗外的雨说

层层叠叠的墙面。一座日夜喧嚣的迷宫

这就是上海，冒险家的乐园。过去是，现在也是

你必须有一副精美的面具。你必须眼观六路，耳听八方

厕所响起吹风机的轰响。她在梳妆

她穿着一条比西湖桃花开得更艳的长裙：

"今天要见市长和几个公司的老总"

"你无法过我的生活，写诗，和自己的内心交往……"我说

"过你的生活？过你的生活我就会坠落深渊！"她回头回了

　　一句

17．（淮海路上的盲人）

他坐在街角的暗处，吹奏我童年的曲子

他吹着，飞成一只南飞的大雁

他面无表情，像停尸房我那死于癌症的父亲

他用《国际歌》的豪情在吹

闭着眼，不愿让人看出他是一个盲人

他看不到霓虹，广告牌下接吻的情人

地上讨钱的脏碗面朝星空

想变成寺庙里一泓堆满银币的龟池

没有人停下脚步。脚步纷纷绕他而去

他显得有点多余！一道静立才能看到的佛光

18.（城隍庙，新年）

黄金，玉器，首饰，丝绸，想当红太阳的灯笼

臭豆腐的尖叫把童心领向香火，领向纸做的马龙

半小时！你无法完成一个独特的思想

你总担心会踩到别人的后跟。或被人撞倒

担心。像攀爬的官员，网上自己的言论

你在路边坐下，模仿敬亭山枯坐的李白

而起身，刚走几步，你坐过的地方已被浪潮吞没

19.（衡山路）

"她现在仍是单身。已过四十……你之后
她又交了两个男人，其中一个是老外"
过衡山路真爱酒吧时，我想到了她——丽丽
一双纤手，一只捂住阴道的谨慎的盖子

她不让进入。"你得满足我以下条件……"
屋里的灯光幽似海边月色，我扑扇着
被捆住的翅膀。"相信我！"但手
堵在那里。紧闭的花园把一个未来的园丁

当成了一只轻轻掠过的蝴蝶。漂泊
失去了一次感恩机会——通过肉身的爱
返回童年的家乡。但我没后悔。我暗自庆幸

路灯下匆匆闪过的人影让我相信：那手
一定是上帝，帮我挡住了一座比悔恨
更深的深渊，一座进入就会变成坟场的花园

20．（花园酒店）

"真大！"

她说，脸对着窗外

我不知道她说的是被雾霾吞掉的那栋新建的高楼

还是天上的明月

"真大！"

她握住我手，涂玫瑰红的脚趾

蹭着我脚

我不知道她说的是我的手，还是在说我脚

"真大！""真大！"

整个夜晚她都在嘟哝

我不知道她指的是舌尖上的中国

还是那张双人床

我沉默，怕挫伤她的感受。或者说，爱的美好

21.（乳白，或瑞金宾馆）

你很快被周围的白灌醉。你揉了一下眼睛
发现你就是某战争片里那个穿白西服的欧洲人
殖民主义！你想到这几个血淋淋的字
并不由自主地放下那杯冒着热气的咖啡
世界并没有因你的衰老而改变。美
依旧握着一把锋利的匕首
问题是：你把匕首看成了月牙一样微笑的嘴唇
母亲死了。但乳白活着，而且越来越鲜美
就像此刻，一道似乎特意为你准备的风景：
乳白大厅，乳白桌椅，乳白纸巾，乳白窗棂，乳白……
窗外，草坪因你抬头而在黄昏的柔光里裸泳
你突然相信草坪因你坐在这里而这样游着
你甚至相信——就像有人相信上帝——草坪
为取悦你，在自己头上佩戴了一株玉兰
而你就这样坐着，觉得自己是个正在吸母奶的婴儿

22.（上海的曼哈顿）

飘浮的花朵！一个我在欧洲见过的酒会
个个袒胸露背，个个比穿汉服弹古筝的空姐要自然——

一个云鬓高耸溢着莲香的女人在我面前旋转

但随即飘然而去——"I get to work！"

她们不会降价。她们不是豪宅里的花瓶

她们是豺狼虎豹："卖身，但绝不出卖人格！"

卢浮宫 19 世纪油画上的一位贵妇向我走来

我的手触到记忆里初恋的酥软的玉肌

两分钟！一只酒杯和我的酒杯碰撞了一下

然后——突然——消隐。像第一次我遇到的月蚀

23.（南昌路）

"说话别这样直，要知道你是在——这里！"

我懂你的意思：别不设防

这是夜里十点。我们吃完饭在梧桐树下散步

路喧响着弯曲成河流，仿佛在阐述你见解——

但，正是马路这种曲尽其意的方式

才滋生出如此众多的支流——蛇胆黑的弄堂

我目光把应付两边迷宫的精力

透支在你裸露的腿上。它们

匕首般亮，匕首般直

"哒——哒，哒——哒"。你高跟鞋

踩着地上路灯光修建的铁丝网

一把迈着猫步的性感剪刀

在剪着黑夜。直到我坚信：黑暗中，直比曲要好

24．（法租界）

回头，发现了它。但已不是刚才

那股清香。而是一股杂着汽油味的腥臭

走回去。细看：淡黄色，毫米大的花萼……

"暗淡轻黄体性柔，情疏迹远只香留"

黄，伸出女孩调皮的舌尖

"我对土壤要求不高，我喜欢对抗毒气！"

一起和它北漂的甘蔗死了

想在上海成名的荔枝也死了……

但桂花在闪耀，在垃圾上方

没它，我不会看到垃圾，以及垃圾背后的墙

25.（十六铺码头）

你惊讶，被所看到的东西：一小片蓝天

准确地说，三朵白云

簇拥着"诗歌船"这个三个天使模样的字

而这时你正喝着杯黑啤，坐在外滩

对岸——二十年前的农田，芦苇和荒地

"真是个奇迹！"你嘟哝，就像你

站在温暖的沙漠上仰视金字塔

或在一个雪天游览银蛇一样的长城

这，便是诗歌船的意义：让你惊醒

你猛地看到穿梭的货船上哀怨的锈斑

岸对面那些巨大的面具，蝼蚁般移动的人影

你甚至注意到浑浊江面上的雁阵

模糊，像个远去的记忆：一排大雁

从你小手牵着的风筝上尖叫着掠过

但，让你惊讶的船一会儿又折了回来

就像月亮在重蹈自己的旧辙

或者：像往山上推石头的西西佛斯

是的，不错，这里没有时间。渡船

在埋头写着同一行诗："抵达

就是出发!"推上山的石头,又滚落了下来

26.（祭奠的方式）

"十三年前我们也坐在这里
那时根本没想到今天会在这里当领事!"
妻子望着九曲桥茶楼外的夜景说
她有些激动。"那时还没孩子!"

十三年前父亲坐在我坐着的地方
我照片上的神情,越来越像
他被关押后看人的表情:疲惫,哀伤
父亲死了。他已死了整整五年

梦

"现在这里只剩下男盗女娼了!"
一个移居美国的商人说
把胖似佛陀的脸凑向高脚酒杯

酒杯一闪,溢出另一个胖子
他向一群唱《国歌》的少女
转身:"无娼不昌,唱,大声地唱!"

一个慈禧模样的妈咪走入
"什么红歌黑歌,道就是盗!"
她的嘴张成玫瑰,张成黑洞

我惊醒。醒成尖叫的阳光
外面,1911 年的军装——
那一再被践踏的草,火焰般蔓延

腊八

你看到你见过的雾霾

你开窗

天空很近，很低

你伸手去摸。冷

几只鸟影一闪

天空发白

抖落斯德哥尔摩密集的雪花

你躺回原处

像打针后的病人

继续阅读

棺材连着棺材向天边呼啸着奔跑

没有雾霾

诗的格局

——给一位中国诗人

是的，恐惧

在骨髓里，在讲汉语的舌根底下，究竟是"洗"还是"熄"？

一堵墙在我和词语之间竖起

它阻碍了我发现事物的秘密。比如，闲云是将坠泄的雨滴

但那些纠缠我们的灵魂没有被墙挡住

屈原没有

他用投沉汩罗的绝望拯救了"路漫漫其修远兮"的野心

陶渊明没有

他用"不为五斗米折腰"的钥匙打开了"采菊东篱"的自在

米沃什没有

他把"离开一座燃烧的城市"的悲哀

化作了"我直起身，看见蓝色的大海和帆"的喜悦

李白没有，这位"天子呼来不上船"的狂人

死于肺病的索德格朗也没有

她把"活着就是胜利"的喊声降低为"我神往虚无世界"的
    低语

他们克服了诗人首先应克服的难度：即怎样

118

在腐尸上看到阳光下所有闪光的面孔

他们既有鼹鼠的敏感，又有苍鹰的目光

他们辽阔，透彻

就像阴郁的里尔克所言：谁此刻在世上的某处哭，他在哭我！

换锁

打钻声。焦糊的气味。有人在帮我换锁

"锁!""锁!""锁!"

我再次回到小学课堂——

"我开了锁……他把她锁起来了。一个我

把另一个我锁起来了……"

"锁可以引申为关闭,如闭关锁国

也可以抽象成紧皱,如愁眉深锁

锁可以是一种缝纫方法,也可以是一个人的命运"

但,究竟要换多少次锁

才能忘记自身的存在?

我换过一次锁。那是在某次狂欢的晚会后

我丢了钥匙,站在雪中等拯救到来

突然发现锁比钥匙重要

突然发现体制比个人凶猛

突然认识到到换锁比配钥匙更能从根本上解决问题

钥匙在,但锁已生锈

此次我换了把德国制造的锁。钥匙插入,门轻轻打开

身份

揪心的旋律。吉他在琵琶里歌唱
"我你只是形状不同，你唱出了我深处的声音!"
下大雪的北欧静如一首古诗的空山月夜
西班牙舞步踏出陕西腰鼓的激情
那么，汉语中多情的李笠
是否就是瑞典语里冷静的 Li Li
你无法说出自己究竟是谁。耶稣是如来

真正的祖国

——给雍福会一起喝下午茶的潘维、树才、陈东东

风把我们头上的槐树吹成一张飕飕抖晃的帆
拿铁，生茶，普洱，巧克力，爱尔兰咖啡
在用不同语言驶向同一种诗意：穿越海洋
"这才是祖国！祖国是一种美好的气氛！"瓷杯说

是的，祖国不是身份证，故乡，或所谓的出生地点
祖国是这里，此刻：男女手缠在一起。像藤
古诗里的寒蝉在风加剧时用力提高嗓门
为了让宇宙听到自己的歌声，那唯一的祖国

桂花

我不会一直站在这里，但我站着
你不会一直在枪下跪着，但你跪着
风吹起，金黄的雨滴落在我四周，溅起钟声。我移动
风吹起，你长长的乌发散成碑文：我生不逢时。我别无选择

我的瑞典妻子，我的混血孩子

十

李笠 摄

十

李笠 摄

我的混血孩子

他们挨着脑袋在看电脑里的英语动漫：一个金发女孩
在同其父母争辩。她拒绝他们逼她学汉语
我多么希望他们能背古诗：比如"柳暗花明又一村"
但我知道他们会拒绝，就像他们拒绝写书法
我多么希望他们能相信"人之初，性本善"
但他们说人生来就有罪，是恶的
"要不然怎么会有这么多战争，恐怖袭击?!"
他们在学功夫，好像生来就知道"居安思危"
他们对打。把妹妹维拉击倒在地上后
西蒙笑着说："不过遇到子弹，我也只能是一命呜呼!"

时尚新娘

"中外通婚"找到了我们：一个中国男人
和一个瑞典女人："说说你们之间
最大的差异？是什么让你们至今仍生活在一起？"

"呵呵，坦率地说吧：最大差异是她拒绝
吃我爱吃的皮蛋。我们仍在一起是因为：她冷，
我热，就像斯德哥尔摩和上海的温差

此外，也是关键：她务实，我务虚；她理性，我感性……"
我回答的时候，那个戴红帽子的化妆师，一个帅小伙子
正在给我妻子化妆。她屏住呼吸，像在祈祷

她突然一亮，变成了我记忆中的好莱坞影星嘉宝①
并高了许多——她脚上加了一双高跟皮鞋
只有踮脚，我才能摆脱拿破仑量身时的自卑

涂眼影的眼睛！太美了！就像水光潋滟的西湖！
我已多年没看到这种眼神了。像

整了容。她身上的长裙绽放出妖艳的桃花

她斜靠钢琴，钢琴响起舒伯特的《小夜曲》
另一个她，拖着十五年前一个暮夏闪现：一个
虚弱的身体："我刚买了你的诗集，你能否

为我签名?"她说，低头站在我面前……
但此刻她高昂着头，像船头迎风而立的克里斯蒂娜女王[2]
如果当时她也这样，我们可能不会结婚，至少不会……

注：① 嘉宝：著名好莱坞电影女演员。生于瑞典斯德哥尔摩，逝于纽
约。扮演过克里斯蒂娜女王。
② 克里斯蒂娜女王：瑞典女王。她天分过人，终身未婚。

结婚 13 周年

——给妻子

这么久，你肯定也会觉得这是奇迹

没有孩子，我们或许早已分手

孩子是锁（有时也是

抹布，抹去我们争吵时的唾沫）

你为什么总在我做的中餐旁放上盘子和刀叉

"我要离婚！我要离婚！"

一天你在孩子面前对我喊到

但 11 岁的儿子说："你离

我就不认你这妈!"你用手捂住心脏

我们不再有激情，就像走在

天天走的回家路上

走着，又好像没走。路挪动着脚

离婚？让北斗熄灭？感受

天塌的恐惧？

13 年！孩子盗走了我俩彼此的关爱
他们在我们刚想作爱的时候
闯入房间，并让早晨
厕所的镜子打量我们：
雀斑，下垂的眼皮，扩展的皱纹

但我们确实建造了一栋房屋
用朝夕相处的时间，用宽容
焦虑的四壁，失眠的门窗
闭眼我们也能打开的过道的灯
难道我们必须重复从好奇到淡漠的过程？

我魅力依旧的妻子，我不会
送你戒指，但备好了送你的
俳句：柔软的风吹着我
我突然感到我欠抖颤的玫瑰一首诗

七夕

这就是我们无法绕开的痛苦吗？——
你：脱下高跟鞋举起双手，飞翔或投降
我：解下裤带交出手机，穿越疑心重重的安检
心，不在这里。银河很宽
我们玩弄各自的手机。闭眼。飞机在升起，降落

仿佛我一生都在追日

"睡了，抱我一下！"钻入被窝的妻子轻声说道
我离开电脑，走到床边，俯身抱她，像抱病中的孩子
"没有你，此刻谁来抱我？"

我望着那张比两年前更衰老的脸，云
裹着的落日："谢谢你！没有你，我不会有
两个混血孩子！"我说了一句连自己都惊愕的话

我突然又站在一片厚厚的雪地里，闭着眼，慢慢飞行
地平线上中午的太阳向后退去，退去……
我是夸父。一个必须迁徙的语言，为了生存

这是 26 年前的今天，瑞典一月的某日
我狂奔。奇怪，越跑，越觉得自己是太阳——
我身体发出比太阳更大的热。哦，追日的意义！

仿佛一生都在追日。如今追到了大理
仿佛一生都在感受太阳细微的差异

北欧的太阳与北京的不同，也与江南迥异

但为何不在阳光里感受所有星星的光热？
就像此刻：静静躺着，直到街上的嘈杂
涌成大海的波涛，摇着我，像母亲摇着摇篮

女儿的哭声

无法遏制的漩涡——知了的咆哮——将我吞没
女儿在哭。她唯一的朋友几天后将返回自己的国家
她从放学回家一直哭到现在。她拒绝吃饭
她哭着。葬礼上，我从未见过有人哭得如此真挚

我突然想起我曾经也这样哭过，但在哪年？
小时候路上丢失了母亲？瑞典一个失恋的雪夜？
我看着她，平静，像地上一只破碎的酒杯
我想起一个天使在我紧抱她时，露出吸血鬼的牙齿

成绩单

"看，你儿子的成绩单。我替他感到骄傲！"

妻子把一张 16 开的纸放在我的写字台上

"他尊敬老师"我皱眉。似曾相识。我上学的时候也……

"他能看到别人的困难，并主动给予帮助……"

没什么值得骄傲的。但，慢！下面是什么？

下面，对，再读一遍："他尊重民主所做出的决定……"

我心咯噔一动，坠回四十年前的自己：

"李笠，三好学生……听毛主席的话，照党的……"

继续往下看："西蒙对问题能提出自己的见解……"

我一口气读完了评语。十一二岁的时候，我

又是怎样的呢？我能（敢）表达自己的思想吗？

我记不得了，但记得我是怎样长大的：双手

放在背后，眼看黑板，接受填鸭式的暴力！

"我不学！我为什么要学汉语？我有选择权！"

一年前，西蒙站在墙角攥着拳头向我吼道

他做得对！我那代人已长成人，有的

当了教授，有的成了人大代表

"赞成！""赞成！"审时舔拥着权势……

"看，这就是你儿子的成绩，我替他担心!"

四十年前，母亲把我期中考试的成绩

扔在深夜回家的父亲面前。我哆嗦。我已逃学了三周……

贵宾狗的归来

就在我们准备再买狗的时候
它回来了，满身白斑
后腿毛几近脱尽。鼻子塌扁，发黑……
这，是我家的狗吗？
"这不像蕾娅，蕾娅没这么瘦！"维拉说
西蒙也说不像
"蕾娅见了我肯定就会立刻跑来的！"
但那狗见了他毫无反映
它与人警觉地保持距离
"我试一下看看！"
说着，西蒙吹了声口哨
狗骤然间掉头，朝他飞奔而去
含着泪水不停用前爪抓他的膝盖
西蒙将他紧紧抱住
它丢失了整整两月！
它眼含恐惧
在屋里不停地打转
四肢有时突然紧抓大地
向朝它走近的人狂吠

以前，它不会这样
以前你伸出手，它就会温柔地躺在地上……
它为什么回来？
它是怎么活下来的？

我们把它圈在以前用过的栅栏里
但它"噌"地一下跳了出来
它无法回归往昔的次序
它无法回归
我试着用它曾经爱吃的香肠诱它
它看着我
用路边一个抱孩子乞讨的女人的眼神
发出呜呜的哀怨

半夜，我听见一阵凄凉的惨叫
我看见被文革关押后从睡梦中惊醒的父亲
它不该回来
它变成了另一条狗
但它回来了
像一个从前线归来的士兵
维拉抱着它
像母亲抱着自己新生的婴儿

年夜即景

九点三刻。我妻子和八岁的女儿

抱在一起在电视机前睡去。像在躲避跌落的炸弹

她们看了半小时《春晚》

鞭炮轰响。她们躺着，静如池中的鱼

圣诞夜她们不会这样：她们会熬到

凌晨一点，围着火炉

等待圣诞老人的到来

或走到冰封的漆黑的湖上，仰望涌动的银河

还是雪的问题

你们飞离了梅雨，飞往波罗的海的岛上过仲夏节
我，中国父亲
留在了你们不屑一顾的传统：包种子
你们不爱吃粽子。"屈原必须跳河吗?"
你们没把端午当成仲夏
而我留在了这里，把窗外阴霾里的楼影视作桂林山水

夏天很快过去。现在是冬天
"没有雪，就不是冬天!"
你们飞回瑞典，和邻居的孩子一起去北方滑雪
我不会滑雪。试过——登到山顶
然后——突然，变成一块滚翻的石头
你们燕子似地从我身边飞过，在山脚嬉笑着看我

为维拉九岁生日而作

你的左右是摇着甜蜜小铃铛的蓝莓
前方：松林和大海……
这是我童年画过但没到过的世界
这是你的此刻，母语
你弯腰，采了一把蓝莓，塞进嘴，慢慢咀嚼
你知道地球另一边
许多孩子正在挣扎，毁灭

一座没有汽车的岛屿
你张开双臂在小路上奔跑，像架起飞的飞机
天空在在沙沙作响的沙子里
它喜欢与光脚的你一起歌唱

孩子，该有的，你都有了
一件新衣让你微笑
一只手机让你露出教徒见到上帝的惊喜
但汉语？
没有汉语，你会更加轻松

你可以跳过"男尊女卑""逆来顺受"的深渊

没有更好的礼物
可以给你了，孩子
你已得到世上最好的礼物：蓝莓，松林和大海

通往海的路

——给十岁的维拉

穿过森林，就是你要去的地方
那里，一叶帆在等待你
把它扶成云朵，扑扇的翅膀
伴随你在蓝色的世界里翱翔

你必须学会处理海和帆的关系
没有人会帮你扶帆。没有人
会替你过你想过的生活
掌握风向，你才能如鱼得水

看，小路在伴随你同行
让你跨越树根的生活——它们
死死抓住据点。它们害怕飞翔

孩子，帆在等你，树根
在等着秋风的到来
等秋风把枯叶碾作肥沃的泥土

给十五岁的西蒙

你穿上我的衬衣，对我挥拳：来，练一招！
是，你已高出我半头
你曾骑在我肩上，像新枝，穿越罗马的暴雨……

十五岁！十五岁时我只会说沪语
而你已会说三种语言
十五岁时我只到过你祖母的家乡，而你已游历了三十个国家

你对着镜子摆着少林武功的姿式
但镜子并不展示未来
你昨天想当警察
今天说要当军人，平灭恐怖分子
但依我看，你更适合做演员
记住，不管《仲夏夜之梦》你演得如何出色
不管最后你怎样从梦中醒来
世界都不会改变。上海下雨，斯德哥尔摩下雪

像十字架前一个祈祷的教徒

—— 为维拉的一张照片而写

阴雨中我久久地凝视你

一叶帆从晴朗的海上飘来

你神秘的笑，在时间之外

九岁女儿的一张画

在你的前额和脸颊上

你画了一只冰淇淋。你省略了眼睛

在天灵盖的部位

你画了一匹枣红马。你没画你的乌发

在马的下方，你画了一面瑞典国旗

你没画血红色中国国旗。你一定忘记了

你是半个中国人。你眼珠

含着你父亲眼里的中国社会的黑

十字旗两旁

你画了一只红苹果，网球拍和网球

你画你喜爱的东西

你画对你来说重要的东西

苹果下方，你脖子的位子

你画了本打开的书

书下面，心脏和臂膀的中间

你画了把提琴。你没画心脏

你在手臂上画了一个英文字 HOME

好像在说：伸开双臂，家

就会在大地上飞翔

最后，在变成意大利馅饼的胃的上方

你画了一只耳机，两个音符

你想在说：人就该如此。世界，就该如此

雨雪之间

十

李笠 摄

十

李笠 摄

与一个中国美女交谈

最后话题转向
黑暗

但渗汗的脸依旧鲜美：一朵晨露的荷花
哦，根！哦，淤泥！
谁去显影一卷死抱经验的胶卷？
茶？

想不痛苦有两种选择：只看荷花，或潜入淤泥
霓虹是最好的荷花
它让眼睛忽略深处的世界：淤泥的黑暗，暴力

佛是多么的鲜艳！

舌尖上的中国

像鸡。这快要绝种的动物
我们干杯
这酒不像是假的
我又干了一杯
有人在桑拿浴里给我做按摩
这肉真嫩
它也来自没被污染的山庄吗?
我咀着肉
我是精英
酒肉穿肠过,吾亦好禅宗
我们向主人敬酒
他是领导
好大的一桌呀
够一个穷山村活上一年
干!
人生不向花前醉,花笑人生也是呆
没人知道我
在想什么。罪!
我笑而不语。佛,也如此

拱宸桥的18种译法

一

好像来过……是这模样吗?

是，有些意外，就像你

熟悉的历史突然亮出一个完全不同的版本

错译是谋杀

这桥真美! 你渴望从它身上走过

你想把自己翻成七夕穿越鹊桥的牛郎

二

坐在桥边喝茶

喝茶才能译出这里曾有的"红单满手乱寻人

酒楼茶园到处分"的景象

我喝着茶。我坐在宣统元年的机遇里

庐墓和桑田错杂的旷野

已变成灯红酒绿的"小上海"

西方不断驶入这里

400年的拱宸桥被译成欲望与理解，宽容与拥抱

三

商人挑夫船民渔民名人雅士

沿着运河一路过来

他们把拱宸桥译成机遇，把岸译成茶馆和青楼

四

没有拱宸桥，未来会虔诚地眺望往昔

有了，世界就连成一对欢爱的男女

"彼岸"于是被译成"此岸"

这是直译。此时的镜子找到了别处的你

五

但为何叫拱宸桥，而不叫平等桥？

天注定的吗？

与蚂蚁一样忙绿的人影在桥上消失后

我看见一个撑着雨伞的丁香蓝女人

仍默立桥上。一个梦

她把拱宸桥译成了"渴望""家"

译成了"屈从"和"忍"

最后，离去之时，她把桥改译成《等待戈多》

六

"我喜欢这座桥

看到它，我就不由自主地兴奋起来

像回到了家！"

这真诚的表达被停在树上的鸟译成了："根"

七

一个欧洲人看到拱宸桥的惊喜

和我看到的惊喜是不同的惊喜

这是两种不同译法

或理解。威尼斯被他译成了西方的苏州

八

每次从桥上走过，都是一次翻译

每次打量桥身也是翻译

坐在桥上看船经过的人

和站在船头注视前方的人

是两种语言述说的多种生活

但流水把它们都译成"拱宸桥的瞬息"

九

一条河的终点

可译成一条命的终点

拱宸桥可译成墓冢

十

桥望着落日。建桥者已逝

而死去的豪宅等正死灰复燃

把自己译成当代语言。妓女变成了小姐

十一

有些东西无法翻译

啊，翻译中丢失的美！

你可以把拱宸桥译成"恭候皇帝"

但它真正的寓意是：跪着，当一个奴隶

十二

从桥的一头走到桥的另一头

桥才真正诞生

这就是"翻译"

站着，站在桥中央

无疑是最好的翻译：你看到桥两头的风景

十三

看到"舒羽咖啡"

你不由闻到了刺鼻的臭豆腐气味

你相信"咖啡"强化了臭豆腐的方言，或相反

这是翻译的意义

十四

千年的漕运把空译成满，把满

译成：空

船去了又来，带着空和满

每次驶过，桥孔就会涌溅同样空虚的水泡

十五

一只运煤船流畅地穿过桥孔

(船舷离两边的桥墩只有四五公分！)

仿佛在海上行驶

仿佛桥孔因它的到来而自然膨胀。这是另一种直译

十六

翻译诗中的语气很难

坐在雨中。喝茶
坐了一天
拱宸桥下的流水时而把自己译成春秋
时而又把春秋译成明清
我听见黄河在我血管里喧响

十七

但每个人都在用自己的方式翻译
形同戒指的桥孔被你译成"婚姻"的时候
被落日译成了"彩虹"

十八

深夜。冷月下拱宸桥拖着沉重的身子向我爬来
"我既不是'婚姻'
也不是'彩虹'
我是你生命的奥秘,一部不停修正的《孤独者圣经》!"

美妙的一天

如此的静

恍如置身积雪的墓园，或一片炸弹留下的废墟

恍如凝视母亲的遗像

或在空无一人的罗马的教堂

风掀动窗帘，窗帘在飞

鸟在鸣啼。一个看书的女人和躺椅在飞

孩子在飞，和星光灿烂的电脑

没有祖国

我忘了我正客居故里。我在飞，和巴赫的音乐

另一种桃花潭

她那撅着屁股的躯体弯成一头吃草的牲口

她在摆弄刚收割的韭菜

忙绿的老街让这姿式显得如此自然

就像开在水边的桃花

但我仍希望她能直起身，站成正常的人样

我想看她的脸

"便宜！要吗？"她头也不抬地问

她高高地撅着屁股。她在练功？延年益寿？

我在猜《可以论》会说些什么？

这个，可以
那个，不可以

妈，冰箱的牛奶可以喝吗？
爸，我可以去西藏旅行吗？
不是必须
是可以。可以吗？可以吗？可以吗？

我们说"可以"的时候，我们是说可能或能够
"母虽不母，子不可以不子！"
"忧劳可以兴国，逸豫可以亡身"
我们说"可以"的时候，我们在表示许可
你可以走了
这房子可以拆了

这里有一种为所欲为的特权：可以订制的雪
这里有一种无奈和绝望：可以不流泪
这里有一种女孩般的狡黠的撒娇：可以爱你吗

这里有一种困惑或哀求：可以不可以？

这里有一种丧心病狂的古老的野蛮：可以吃人

可以

但不是应该或铁硬的必须

可以看吗？

可以说吗？

可以写吗？

可以出版吗？

于是我不再是我，于是我根本不是我。无我

无我，但有的是可以

所以才担惊受怕

所以才察言观色

所以才审时度势

所以才见风转舵

所以才左右逢源

但责任？

谁承担后果？

可以说不

可以修三峡大坝

可以今朝有酒今朝醉

可以像狗一样活着

可以为所欲为

"我父亲是市长

所以我开车可以乱闯红灯！"

可以

致旗袍

你从灯红酒绿的夜曲中走来
掀动高衩。一本打开的书
"读我，这儿有你想经历的
所有温馨，哀伤与优雅……"

我触摸你。你变成与黑管旋律
跳舞的眼镜蛇，并散发
魔都的魅力：城隍庙的臭豆腐
辉映外滩的酒香。你用腿

剪我，修剪果枝。我颤栗
精美的地狱，你一边用高领
死锁灵魂，一边让高衩波荡

含蓄的肉欲。你在飞，刺眼
如灼烧的彗星。啊爱！弄堂
的腥臭再次袭来：侬……还要伐？

臭豆腐，或乡愁

吃臭豆腐的时候，我想到了
她：旗袍女人，封面人物
"你会迷上我的！"她说
她的气息缠绕着我的手指

迷恋！每次闻道香水
她便翩然而至，和沸腾的油锅
粗俗，世故。但她下身
流淌着春茶的嫩，我渴望的家

空气迷漫着恶臭。阴沟
从地底浮出。没有这恶臭
你会感到冷清。"我，喜欢

黑，越黑，就越性感！"
而我则听成了一个奸商的口供：
"不够臭，就再加些粪水……"

十一月的挽歌

酒香盛开。另一个我
被套上头套，扔进车里，运往一间地下小屋
失踪！

我在完整的西湖上游逛
另一个我在水下破碎

"逆我者亡！"他们说
我必须寡言。最好狂饮不休
林中有奇鸟。自言是凤凰
清朝饮醴泉。日夕栖山冈……

两千年轮回不息的争权夺利
我被抽打时
竹林响起一个被掰开的宫女的呻吟
或标语下一个跪者的惨叫

这里根本不存在时间——

六平方米的囚室

弥散着阅兵后广场的沉寂

青铜器

青铜器是我身上的乌青

我不是汉奸。我的脸正圆成完美的阴阳符号

致梧桐树

五月，你又溢出我情人下身的气息

雨林的湿热，弄堂的霉味

我恍如在梦里。我仍在故乡？

我看不到你遮蔽的天空，你树冠里面的虫子

婚纱在无数个你中间飘浮

美妙，如装饰卡布齐诺的那颗黑色的心

而我已尝到了你最袒露的时光——暮秋

你几乎一丝不挂，挂满剥落的皮

点亮一个遛狗老人的背影

拍婚纱照的人已经远去。但你

仍倒立着，叉着腿

跳霹雳舞。寂寞在翻弄着一册发黄的婚照

沼泽

学马飞奔时踏入了这片青草掩映的空阔

落日把芦苇点燃成辉煌的蜡烛

一个诺奖晚宴的场面

鸟在唱。脚印如云霞浮出。酥软……

"进来！进来！进来！

这里有别处无法获取的经验！"

脚突然踏了个空。泥水

淹没我膝盖

我不想死。我不想涅槃，我不想就这样泯灭自我

呼救没用

呼救只能听到比鸦噪更凄凉的回声

但前行必死无疑

左顾右盼，深吸一口气，慢慢转身。一座教堂打开

一束光从背后飞来，把我抱起

抱回我走了大半天并生厌的小路

小路又在我脚下歌唱起来。河，向大海流去

我庆幸摸到了脏水的底部

死前这条散发恶臭的河水不会变清

我跳了进去。岸上无法看到水底

它搂住我，用水独有的姿式

它比同季节的波罗的海要热，比红海要冷

我蛙游

雁阵耕出一片不育的田野

我仰泳

发现自己原本是浮云

我自由泳

水泡溅起某个会议厅里雷鸣的掌声

水底！

没人认领的鞋衣和残破的锅碗……

它们像时装闪耀

它们展示地上堆着首饰手表鞋子

我参观过但已忘记的奥斯维辛

我没白来，我对自己说，集中营无处不在

我们多么容易沦为妓女

那些尖叫的敏感词被删掉时
我对自己说：妥协吧，为了生存

那些呻吟的章节被删掉时
我安慰自己：理解吧，儿不嫌母丑

他们给我整容——按他们的
准则。他们把愤怒整成微笑，把苦难

改成伤感，把呐喊压成细语
猛兽于是变成了一个温顺的少女

很美，他们说，我们推销你！
而我则把"推销"听成了"人情"

奇怪，嘴中的呻吟变成了赞美
泪，泪变成了撑着雨伞悠缓行走的乡间小路

秋夜

两个人，不会有这美妙的琴声
一帮人，雨，会喧嚣成集市
你独自坐在街上。低矮的遮阳伞
撑开蒙古包的星空。草原涌动

自行车静静泊着。像单纯的羊群
飞奔的马——汽车——如闪电嘶鸣
没人会坐在你左侧的空椅上
没人会打扰你，除非你自己

酒拨弄连天的琴弦。你听见宇宙
血液似地绕你循环。你是心脏
哦，在家乡做一个游客多好！
潮湿的夜幽深你内心的七月草原

你喝着，仿佛依着瑞典雪夜的炉火
雨声时缓时急，说有人患了
癌症，有人在爱，有人刚自杀……

路灯下，人是一闪而过的幽灵

泡沫在酒杯里升腾！模仿四周
急近功利的劣质新楼。你
拿起手机，随即放了下来。在
小少离开的家乡，你只能做一个游客

雨雪之间

暴雨倾泻，江南的雨。我忽然
置身瑞典一个雪夜的车站
在那里等车。看飞飘的雪片
看着，梦见桂香暗浮的上海

是的，我一直在雨雪间游荡
下雨时，我用积雪的冷静
观察周围喧腾的事物；雪落时
我用体内江南的雨搂抱飞雪

所以我始终醒着。所以我
始终在两种语言间徘徊。做局外人
所以我必须不停地翻译，把

雨滴译成雪花，或相反。我
就这样活着。不知道自己
到底是纷飞的雪，还是坠泄的雨

白露

约三十年没见的云从天际浮出

它们越过一个形同唇膏的半完成的建筑

那楼已建了三年，但仍没建完，像一场没有了结的爱

我曾在小学的操场仰望过这些云朵

把它们想像成草原上的羊群

天堂里的天使

但现在，我更愿相信那只是有毒的工业泡沫

它们依然像天使一样美丽

并像羊群那样悠缓地走着

纺织娘用嘶哑的嗓子在梧桐树上叫喊

我的脚隐隐作痛

抱怨我仍光脚穿着拖鞋满世界乱跑

我走入一半已枯黄的草坪

到处是露水！它们如梦中的泪水。但梦已被遗忘

图书在版编目(CIP)数据

回家/李笠著. −上海：华东师范大学出版社，2017.5
ISBN 978-7-5675-4391-1

Ⅰ.①回… Ⅱ.①李… Ⅲ.①诗集-中国-当代 Ⅳ.①I227

中国版本图书馆 CIP 数据核字(2015)第 301807 号

华东师范大学出版社六点分社
企划人 倪为国

回家

著 者　李　笠
责任编辑　古　冈
封面设计　蒋　浩

出版发行　华东师范大学出版社
社　　址　上海市中山北路 3663 号　邮编　200062
网　　址　www.ecnupress.com.cn
电　　话　021－60821666　行政传真　021－62572105
客服电话　021－62865537　门市(邮购)电话　021－62869887
地　　址　上海市中山北路 3663 号华东师范大学校内先锋路口
网　　店　http://hdsdcbs.tmall.com

印 刷 者　上海盛隆印务有限公司
开　　本　787×1092　1/32
插　　页　4
印　　张　6
字　　数　100 千字
版　　次　2017 年 5 月第 1 版
印　　次　2017 年 5 月第 1 次
书　　号　ISBN 978-7-5675-4391-1/I·1467
定　　价　58.00 元

出 版 人　王　焰